実話怪談
呪紋

牛抱せん夏

竹書房文庫

目次

※本書に登場する人物名は様々な事情を考慮して仮名にしてあります。

おじょうさん

今から六年ほど前、愛さんが二十七歳のころに体験した話である。

ある日の正午過ぎのことだった。久しぶりに会う友人と食事の約束があるのでＪＲ新宿駅から中央線に乗り込んだ。

夏休みのためか車内には愛さんのほかに二、三人の乗客しかいなかった。

この年は例年にない猛暑で、効き過ぎている冷房が心地よく思えるほどだ。

愛さんは額から吹き出す汗をハンカチでぬぐいながら、入り口に一番近い端の席に腰を下ろした。

ほどなくして発車ベルが鳴り響き、ドアが閉まる。それと同時に、急ぎ足で誰かが車内に駆け込んできた。

その乗客はため息をつくと、愛さんのすぐ隣の席に腰を下ろした。

乗客は二、三人しかいないのにである。おまけに寄り添うように、愛さんの腕に自身の腕をぴったりと押し当ててくる。

愛さんは咄嗟《とっさ》に目を閉じて狸寝入りすることにした。

その乗客は、白いワイシャツに紺色のズボンを穿いた中年の男性だった。

こんなに空席があるのに、なぜわざわざ自分のすぐ隣に座る必要があるのか。

おそらく痴漢に違いない。楽しみにしていた友人とのランチも台無しになるような運の悪さ。さてこの変態をどうしよう。どう逃げるか。

愛さんは目を閉じたまま、あれこれと考えたのだが、ふと妙なことに気がついた。

隣に座っている男の体温である。この真夏の最中というのに、男の腕は異常に冷たいのだ。

隣に座られたこと以上にこの男の腕から伝わってくる体温が無性に気味悪かった。

(いったいこのおやじはどんな顔をしているのだろう)

うっすらと目を開け、隣の男の顔を確認してみることにした。

すると男は首をこちらに向け、至近距離で愛さんをじっと見つめていた。おでこに深いシワの刻まれた痩せた男は瞬《また》きもせず、ニヤニヤと笑いながらこちらを見ている。

驚いた愛さんは、見ないふりをしてふたたび目を閉じる。すると男は、

「おじょうさん、おじょうさん」

耳元に囁《ささや》くように声をかけてきた。

（やっぱり痴漢だ！　誰か助けて！）

心の中で叫んだが、わずかにいる乗客は誰も気がついていないのか、それとも見て見ぬふりをしているかで助けてくれない。

男の異様なまでに冷たい体温と、舐めるような視線を感じながら一駅の間は耐え、次の駅で扉が開いたと同時に電車からホームへと飛び出た。

電車に乗り込んだとき以上の汗をかきながらすぐに車内を振り返ると、そこには誰の姿もなかった。

「ゆうれいになってまでも痴漢したいだなんて、死んでも性癖って治らないんですね」

愛さんは笑いながらそう語った。

犬

「僕は、ゆうれいお化けの話を一切しないんです。それには理由があるんですよ」

　小倉さんはそう言って話しはじめた。


　現在都内で営業の仕事をしている彼が大学一年生だったころ、友人たちとの間で深夜に心霊スポットへ行くことが流行《はや》っていた。

　当時関西に住んでいた小倉さんは、同級生の聡さん、正志さんと三人で、地元で有名な「心霊トンネル」と呼ばれる場所へと向かった。運転は免許を取り立ての聡さんが買ってでた。

　その日は雪まじりの雨だったが、心霊スポットへ行くには絶好の雰囲気だった。

　ゆうれいを見たいというよりも、単に肝試しを楽しめればそれでいいのだ。

現地に到着したときには深夜一時をまわっていた。

目の前に迫る有名な「心霊トンネル」を見て三人ともテンションは上がり、意味もなく笑いがこみ上げてくる。

「あれやろうぜ」

正志さんがつぶやいた。

「あれ」というのは「心霊トンネル」でのお約束のことで「トンネル内に車で入り、中ほどで停車しエンジンを切る。そしてクラクションを三回鳴らすと女の幽霊が現れる」というものだった。

さっそくトンネル内に車を進入させる。

車一台がやっと通ることのできる狭さだ。

壁面には、彼らと同じように遊び半分で来たであろう先客たちの落書きが一面に描かれているのが見える。

湿気に満ちたトンネル内を、速度を落としながら進み、真ん中あたりまでくるとエンジンを切った。

「よし、やるか」

いったい何が起こるのか、何に期待をしているのかもわからないまま、運転席にいた聡さんがクラクションを鳴らす。

お約束通り、ゆっくりと、三回。

当然ながら何も起こらなかった。

予想はしていたが、心の片隅で何かが起こるのではないかという淡い期待もあったため、急激に車内の三人のテンションは下がっていった。

「帰るか」

小倉さんの言葉にふたりもうなずいた。

逆走ができないため、このトンネルを出てから山道を抜け、国道を通って帰らなければならない。ゆっくりと車を進めると、やがて出口が見えてきた。

トンネルを抜けたあたりは、木々が生い茂り左右に古い地蔵尊が立ち並んでいた。

外灯はなく、フロントライトの光が雨に煙った山道をぼんやりと照らしている。

「なぁ、俺思い出したんだけどさ、ここってウワサあるよな」

聡さんが突然こんなことを言いだした。

「ウワサって？」

「この先、土手の上に廃屋みたいな民家があって、そこに犬を食って暮らしているじいさんがいるんだって」

「なんだそれ」

「いや、だからウワサだって」

聡さんがそう言ったときだった。

どこからか、犬の遠吠えが聞こえてきた。

「え、マジかよ。犬？　こんな山奥に？　しかもこのタイミングで？」

「気持ち悪いな」

ふたたび遠吠えは聞こえてくる。

しかも、だんだんとこちらへ近づいて来ているようだ。

そのことに気がついた正志さんが、

「なぁ、俺らのこと追いかけて来てないか？」

と言ったのと、後部座席の小倉さんが振り向いて後方を見たのは同時だった。

毛が抜け落ち、皮膚がむき出しになった痩せた犬が、身体を前後左右に動かしながら、ものすごい勢いで車を追ってきていた。

「うわ、やばいあの犬！　気持ち悪《わり》ぃ！」

小倉さんがそう言うと、隣に座っていた正志さんが、

「違う」

青い顔をしながらつぶやいた。

「何が？」

「だから違うんだって」

「何が違うんだよ」

「犬じゃない」

「は？」

「犬じゃないんだって」

そう言われてもう一度後ろを見た小倉さんは、恐怖のあまり強張った。

追って来ているのは犬ではなく、全裸の男の老人であった。

老人は四つん這いになりながら、

「ワオーン……ワオーン……」

大声で鳴きながら迫ってくる。

「やばいな、あのじいさん。自分のこと犬だと思い込んでんのかな」

小倉さんが言うと正志さんは、

「だから違うんだって。『ワオーン』じゃなくて、『おーい』って言ってる」

そう言われてよく聞いてみると、老人は「おーい」と呼びかけながら迫ってきていたのだ。

「早く逃げよう」

そう言って運転席にいた聡さんがスピードをあげたとたん、「痛っ！」と叫んで急停止した。しかし老人の「おーい」という声は聞こえている。なんとか車を再発進させ、国道へ出るころには、声は聞こえなくなっていた。

国道には対向車や後続車がいて、彼らはようやく心が落ち着いてきた。

途中にあったファミリーレストランの駐車場に車を停め、運転していた聡さんの顔を見ると右の頬に、まるで獣に引っかかれたような鋭利な傷がついていた。

「きっと枝か何かで引っ掛けて切れたんだろう」

小倉さんが言うと、

「窓は閉めてたよ……こんな雪まじりの雨だぞ」

確かにそうだった。

車内は暖房を入れていたので、窓は閉め切っていた。

しかしなぜか聡さんの右の頬には、原因不明の傷がしっかりと刻み込まれていた。

あのとき見たものがなんだったのか、いまだにわからないと小倉さんは言うが、それきり心霊スポットに行くことはやめ、ゆうれいお化けの話も一切しないと心に決めたそうだ。

古着物

人間が生活するうえで必要不可欠な物や道具。

ご飯を食べるための茶碗や箸《はし》。身だしなみを整えるための鏡や櫛《くし》。そして衣類。

今は街のあちこちでリサイクル着物やアンティーク着物なども安価で手に入れることができる。

サイズが合わないものや汚れが付いたものは、バッグにしたり小物を作ったりといろいろとリメイクも可能だ。

それは昔も同じことだった。着られなくなった着物は下駄《げた》の鼻緒にしたり、掃除用のハタキにしたり、果ては雑巾《ぞうきん》に、と最後まで大切に使われていたようだ。


これは、古美術商を営む私の弟が教えてくれた話だ。

職業柄、弟はさまざまな商人と出会うことが多く、その中で古着物を扱う店を経営する橋本さんという男性に出会ったときに聞いたのだという。

都内にある橋本さんの店では、明治から昭和にかけての古着物が扱われていた。客からの買取もしており、店内には多くの商品がところ狭しと陳列されている。

地元の主婦を中心に愛されている店だ。

ある日、ひとりの客が購入した着物を返品しに店にやってきた。

その客は、困ったような顔をして話し出した。

鮮やかな花柄の刺繍《ししゅう》が入ったアンティーク着物をひと目見て気に入って、一週間ほど前に購入していった中年の女性だった。

着る目的ではなく、飾ると言っていたのを店主の橋本さんはよく覚えていた。

「これ、お返しします」

「すみません、うちは返品は承っていないんです」

「わかっています。でもこれはお返しします。お金は結構ですから」

「どこか、破れていたりしましたか?」

「いいえ。ただ、汚れるんですよ、畳が」

女性の話によると、この着物をハンガーにかけて壁に吊るしておくと、翌日畳に赤黒い染みのようなものが付くのだという。

染みは、雑巾でぬぐっても翌日になるとまた同じところに付く。それは着物を買った日から毎日続いた。

そんなある晩、眠っていると水滴のような音がして目が覚めた。

暗い部屋の中、吊るしてある着物に何か違和感をおぼえた。枕元にある読書灯を点けて見ると、吊るされた着物の袖口あたりから水が垂れている。

（なんで濡れているのかしら）

よくよく見ると、それは鮮血だった。

血は着物の袖の左手首あたりから湧いては、たらり、たらりと滴り落ちて、畳をその血で染めていたのだという。

「だからこんな気味の悪い着物はいりません。お返しします」

女性客はそう言って着物を橋本さんに押し付けるようにして店を出て行った。

それもそのはずだ。橋本さんはそのことを知っていた。その着物の袖の左側に血の染みが付いていていたことを。

「そこを洗って染み抜きして売っちゃったんですもん。その着物だけじゃないですよ。競りや市場で大量に並んでいる着物の中には、血の付いたものなどごまんとあるんです。その多くはなぜか着物の左手首あたりに付いていて、きらびやかなものほどその裏地には真っ赤な血がこびりついているものなんですよ。あまりにも汚れが酷かったらそこだけ切るなり洗うなりしてぜんぜん売っちゃってますよ。だってそれが私の商売ですから」

橋本さんはそう言って笑ったそうだ。

思い

「人間の思いって、時として形になることがあるかもしれないって感じたんです」

女性記者の荒井さんはそう言ってこの話を聞かせてくれた。

荒井さんが小学生のころ、父親が交通事故で亡くなり母子家庭となった。

当時三十歳だった母親のトーコさんは、生活のために小料理屋をはじめた。トーコさんが店に出ている間は、荒井さんはひとつ年上の姉とふたりで留守番をしていたという。

トーコさんの作る料理はどこか懐かしさがあり、あっという間に地元の常連客で溢れる人気店となった。

その常連客の中に、安田さんという四十代の男性がいた。

彼はトーコさんに入れ込み、店に来ては「なぁ、トーコちゃん。おれと付きおうてや」と毎日のように彼女を口説いてくる。

トーコさんはカウンター越しに、

「またそんなこと言って。好かんちゃ。あんたのこと好かんけん」

軽くあしらうことにも慣れていた。

それでも安田さんは会うたびに「お願いやけん、一緒になってよ」と言い続けた。

はじめは冗談だと思っていたが、いつしかそれが真剣なのだということもわかってきたが、亡夫のことが忘れられずその気持ちに応じるつもりはなかった。

ある日、また安田さんは店に来ると、「一度だけでいいからデートして」とレストランの名前と住所、日時を書いたメモ紙を置いて帰った。

店の定休日であるその日、一度だけでも食事に行けば納得するだろうと、メモを頼りに待ち合わせ場所へ出向くと、彼は某ホテルの一階にあるレストランの前で、スーツ姿で待っていた。

次々に運ばれてくる食事はどれもおいしく、安田さんの話も面白かった。会話に花が咲き、あっという間に時間は過ぎていった。

ふと時計を見ると、二十一時をまわっている。

家にこどもたちを残していたトーコさんは帰る旨を伝えると、安田さんは鞄の中から小さな箱を取り出し、

「やっぱり結婚してほしい。指輪買ったけん。一緒になってよ」

と押し付けてきた。

「やめてよ。受け取れるわけないやん」

突き放すように言うと、

「そうか……わかった。これでもう本当にあきらめるけん」

指輪を鞄にしまうと大阪に転勤になったからもう店に顔を出すことはできなくなる、今夜はこのホテルに泊まっているからもし気が向いたら来て欲しい——そう言って懇願の眼差しでトーコさんを見つめ、ふたりは別れた。

もちろん部屋へは行かなかった。

翌日、警察から安田さんが宿泊先のホテルで自殺をしたことを知らされた。

最後に会ったのがトーコさんだったということで、警察で事情聴取に応じることに

なりすぐに警察へ赴いた。

「実は、遺書があるんです」

警察の話によると安田さんの遺書には「荒井トーコさんという女性に必ず渡してください」と書かれており、指輪が同封されていたとのことだった。

トーコさんは受け取れない旨を伝えたが「遺書に書かれているから」と言われ、悩んだ末にその指輪を受け取って自宅へ帰ることにした。

ただ、なんとなく気味が悪かったのでその足で近所の寺へ行き、どうしたらよいかと相談した。そして住職のアドバイスをもとに、帰りに中古屋で小さな仏壇を購入すると指輪を置き、水と線香をあげて供養することにした。

供養をはじめて数日が経ったころ。眠っていたトーコさんは後頭部に激しい痛みを感じて目を覚ました。時刻は深夜一時過ぎ。

重たく、何かに押されているような感覚がする。水を飲んで落ち着こうと思い、起き上がろうとしたところで、足もとに誰かが立っていることに気がついた。

亡くなった安田さんだった。

驚きのあまり石のように固まって動くことができなくなったが、そのまま気を失ってしまった。

翌朝、気がついたときには安田さんの姿はどこにもなく、夢を見たのだろうと思った。否、そう思いたかった。しかしトーコさんは昔から不思議な体験をすることが多かったので、昨夜のことは夢ではないとわかっていた。

安田さんはそれから毎日のように足もとに現れるようになった。

それが二十日ほど続いた。

寺の住職からは、四十九日が過ぎるまで供養を続けるように言われていた。毎日欠かさず手を合わせているにもかかわらず、頭の痛みと重さは強くなる一方だった。

さらに、足もとに立つ安田さんの表情も日に日に険しくなっていった。

話しかけるでも、何かアクションを起こすわけでもなく、ただ恨めしそうに見下ろしている。

そのことに耐え切れず、ふたたび住職のもとへ足を運ぶと、安田さんの思いが強い怨念と化していると指摘された。

なので、身を守るために線香を立てる香炉をより強固なものに替えるようアドバイスされた。住職の言うとおりに、白い小さな陶器のものから分厚い真鍮《しんちゅう》製のものへと替えた。

しかしこのころから、さらに怪異が起こるようになる。

こどもの遊び道具が突然動きはじめたり、二階へ上がったとたん四つある部屋のすべての扉が音を立てて勝手に閉まったり——というようなことが日に日に酷くなっていく。

体も重く、トーコさんは病人のように痩せていった。

しかし供養は決められた日数の最後の日までやりぬこうと決め、毎日お線香をあげ、手を合わせることをやめなかった。

ただ最後の日には、何かが起こる予感がしていた。それがいったいなんなのかはわからないが、漠然とそう感じていた。


供養最後の夜がやってきた。

必ず何かが起こる。

ひとりで眠ることが怖くなったので、隣町に住む妹のユウコさんに来てもらい一緒に寝ることにした。

こどもたちには部屋に入って来ないように伝え、隣の部屋に寝かしつけた。

得体の知れぬ恐怖感に押しつぶされそうになりながら布団に入る。

やがて深夜一時を過ぎたころ、いつものように頭部に激しい痛みを感じ、目を覚ました。

足もとには案の定、死んだ安田さんが立っている。

安田さんの表情は今までにないくらいに険しく、トーコさんを睨みつけてくる。

そして、ゆっくりとすべるように足もとからこちらに近づいてきた。

これまでは足もとに立っていただけであったが、今夜は違う。

安田さんはトーコさんのお腹の上に倒れた。

激しい痛みで声を上げることもできずに目を閉じてしまったが、ほどなくしてお腹の痛みが消え目を開けた。

六畳の部屋に布団を敷いて眠っていたはずだが、真っ暗で何も見えない。

ふと見ると遠くの方から何かがこちらへ音もなく近づいてきた。

闇が濃いためはっきりとはわからないが、小さなカタマリのようなものだ。いったい何が来るのか。何が起こるのか。

恐怖で気を失いかけながらも近づいてくるそれを見ていたトーコさんは「ユウコ！」と声を上げ、その正体がわかった瞬間に気を失った。

それは、ふたつの目玉――ただそれだけだった。


「だいじょうぶ？　姉さん起きて！」

ユウコさんの声でトーコさんは目を覚ますと、部屋中に何かのカケラが散らばっていた。

ユウコさんが言うには、トーコさんが「ユウコ！」と叫んだ瞬間に仏壇にあった線香立ての香炉が音を立てて粉々に割れ、あたりに破片が飛び散ったのだそうだ。

その破片を拾い集めていると、その中に仏壇に供えていた指輪がグニャリと変形した状態で混じっていた。

夜が明け、四十九日も終わった。

ふたりは粉々に砕けた香炉の破片と人の手ではとうてい曲げることはできない形に変形した指輪を寺まで持って行くと、それを住職が供養してくれた。

それ以降、怪異は起こらなくなった。

「あくまでも想像ですが、住職は香炉に霊を封じ込めようとしたんじゃないでしょうか。ただ、祈れば祈るほど憎悪が増して安田さんは最後まで抵抗し続けたんでしょうね、母と一緒にいたくて。だって、あの分厚い真鍮製の香炉が粉々に割れるって相当なことじゃないですか。人間の思いって、時として形になることがあるかもしれないって感じたんです。そんな教訓になった母の実体験です」

ビー玉

津軽三味線デュオ「神山兄弟」の神山卓也《かみやまたくや》さんが同級生の貴志君から聞いた話だ。

貴志君が小学生だったころのこと。

学校からの帰り途中に道端で泣いている女の子を見つけた。

おそらく四、五歳くらいだろう。

放っておくこともできなかったので「どうしたの？」と聞くと、家までの帰り道がわからなくなってしまったと言う。

貴志君から声をかけられた女の子は、安心したせいか目からさらに大粒の涙を流し、足にしがみついてきた。

（迷子か。早く帰ってアニメ見たかったけど仕方ないな）

「じゃ、お兄ちゃんとお家探そう。もし見覚えのある道があったら教えて」

貴志君は女の子の手を引いて歩きはじめた。

しばらくの間は不安気な表情をしていた女の子だったが、少し行くと「あ、こっち！」と指をさした。どうやら道を思い出したようだった。

貴志君もほっとして「よかったね」と声をかけながら歩いて行く。

その途中、女の子はスカートのポケットの中からビー玉を取り出して「これあげる」と手の平に載せてくれた。

ガラスにオレンジ色の模様が入っており、陽に照らされキラキラと光っている。

「くれるの？　大事なものなんじゃないの？」

「そう、宝物。お兄ちゃんにあげる」

女の子はにっこりと微笑《ほほえ》んだ。

やがて道沿いに白い二階建てのアパートが見えてくると、女の子は「あった」と貴志君の手を離れ走り出した。

女の子は、アパートの一階の一番奥の部屋の前まで行くとインターホンを押す。

貴志君は親御さんが出てくるのを見届けようと一緒に付いて行くことにした。

すぐに部屋の中から「どちらさまですか」と女性が出てきた。おそらく女の子の母親だろう。

「この女の子が迷子になっていたようなので送ってきました」

貴志君が隣を指さすと、

「女の子？」

女性は首を傾げた。

見ると、たった今隣にいたはずの女の子の姿がない。

「あれ？　おかしいな。今までここにいたのに……」

そうつぶやくと女性は、

「何かあったんですか」

不思議そうに貴志君の顔を見る。

「家がここだって言うから今連れて来たんですけど」

すると女性は、

「その子ってどんな子です？」

「おさげをしてスカートをはいた幼稚園生くらいの子ですけど」

そう応えると女性の顔色が一瞬で変わり、

「――うちの娘です。半年前に死んだ」

「えっ」

「ご迷惑をおかけしました」

どうぞお帰りください、といって女性は扉を閉めてしまった。

閉まる寸前に「もういい加減許して。お願いだから許して」という女性の声が微かに聞こえた。

あのとき女の子にもらったガラスのビー玉を捨てることができず、しばらくは自宅に保管していたが、今はどこへ行ってしまったかわからないという。

ぬける

ライターのムサシさんの体験談である。

今から二十年以上も前、まだ専門学校生だったムサシさんは友人の知り合いとして紹介された彩さんという女性とお付き合いすることになった。

初対面ですぐに意気投合し、彩さんはムサシさんがひとり暮らしをしている都内のワンルームのアパートに転がり込むようなかたちで同棲生活がはじまった。

狭い部屋の大半の面積をベッドが占めている。それでもふたりは幸せだった。

彩さんはおとなしい性格で自分のことを話すことはほとんどない。

ときどき部屋を出て行く様子からすると、どうやら働いてはいるようであるが何をしているのか年齢すらも知らなかった。

同棲をして半月ほどが経ったある日。

その日はふたりとも休日で、昼ごはんを食べた後ベッドで昼寝をしていた。

どのくらい眠ったか。

ムサシさんは視線を感じ目を覚ました。

すぐ目の前に彩さんの顔がある。

仰向きに眠っているムサシさんのことを彩さんは真上から見つめていた。

自分の寝顔を見てくれていたのだと彩さんを愛おしく思ったが、瞬時におかしなことに気がついた。

彩さんは無表情なまま、ムサシさんの体と平行に宙に浮かんでいたのだ。

「うわっ!」

思わず声をあげベッドの下へ転がり落ちた。

「なんだ今の」

一瞬で全身から汗が吹き出るのを感じながらベッドの上を見ると、彩さんはこちらに背中を向けて眠っていた。

(夢か……)

ベッドに戻ろうとしたそのときだった。

彩さんがくるりとこちらを向き「見つかっちゃった？」と言う。

「え？　何が？」

「ごめん、びっくりさせちゃったよね。あたし、寝ると結構ぬけるんだ」

と笑う。

へえ、そうなんだ、と答え、それ以上のことは深く追求しなかった。

それから数日が経ったある日のこと。

朝早くに身支度を整えた彩さんは「レコーディングに行ってくる」と、部屋を出ていった。

一ヶ月ちかく同棲生活をしてきたが彼女が歌手であることを初めて知った。

この日休みだったムサシさんは、彩さんが出かけてしばらくして友人から借りてきた成人向けのビデオを鑑賞することにした。

彼女がいても成人向けのビデオを見る男性もいる。ムサシさんはそのタイプの人だった。

ビデオの内容は、病院の医者と看護師が――という類のものだった。

数分後。

家の電話がけたたましく音をたてた。

電話口の相手は彩さんだった。

「彩ちゃん？　どうした？　忘れ物でもした？」

「ううん。さっきレコーディングの休憩中に仮眠したんだけどね」

「そうなんだ」

「でね、ムサシ君、何してるのかなって思ったからそっちに行ったんだけどさ、それ趣味悪いよ。ナースものとか」

「え、えっ？」

「だから言ったでしょ？　あたし、寝るとぬけるって。じゃ、仕事戻るね」


彩さんはなんでも知っている。

眠っている間に自分が何をしているのかを見ているのだ。

それ以来、ムサシさんは成人向けのビデオは一切見られなくなったそうだ。

そして、彩さんがふつうの人間とは違った不思議な力を持った特別な人であることをだんだんとおそろしく思うようになっていった。

彩さんの不思議な体質については、ムサシさん以外にもうひとり知っている人がいた。その人は彩さんの親友の友美さんという女性である。

彩さんがぜひ友美さんを紹介したいというので、三人で食事をすることになった。

友美さんは自身に霊感があると称しており、彩さんが特異体質であることについて「すべては彩ちゃんの後ろにいる霊のせいです」と言う。

友美さんの言うことにムサシさんは半信半疑ではあったが、彩さんの行動について少なからず不信感を抱きはじめていたので彼女の話を聞くことにした。彩さんも納得している様子だった。

そして、京都の○○山に徳の高いお坊さんがいるので、その方に視てもらおうということになり、三人で休みの日にその寺院へ訪ねて行くことにした。

東京から京都へ移動し、そこからはバスを乗り継いで山腹に向かう。そしてそこからは徒歩で木々に覆われた緩やかな坂道を登った。すぐに目的の寺院が見えてくる。

山門をくぐり境内へ入ると、本堂の前で件の住職が待ち構えていた。

（あの方が彩ちゃんを助けてくれるんだ）と期待に胸をはずませたときだった。

背後にいた彩さんが唸り声を上げて、泡を吹き倒れた。

驚いてすぐに介抱をしようとすると、住職が「だいじょうぶですから」と寺の若い僧たちを呼んで彩さんを本堂へ連れて行った。

本堂へ入るとすぐに住職の読経がはじまった。

彩さんは座布団に座ってぐったりと頭を前に垂れている。

読経が進むにつれ、体をユラユラとゆらし、目は開いているのかいないのか、うつろな状態だ。

その後方でムサシさんも友美さんもただ見守ることしかできなかった。

それからしばらくしたときだった。

突然、彩さんは後ろに強く上半身を反らした。同時に、本堂中に白い何かがたくさん舞いはじめる。それは雪のような、鳥の羽のようなものだったという。

はじめはそれがなんなのかわからなかった。見とれるほど美しい光景だった。

やがてその一枚が膝の上に落ちてきたので拾い上げてみた。重さもないその白いカケラは和紙のようなもので、折りたたまれている。広げてみると筆で梵字のようなものが書かれていた。

「なんだこれ……」

前方には揺らぎながら座る彩さんがいる。その彩さんの左手首からその白いものが勢いよく吹き出ていた。

それからのことはよく覚えていないそうだが、ムサシさんはひとり本堂を逃げるように出て、東京へ戻ってきた。翌日には住んでいたアパートを解約し荷物をまとめると友人の家にころがりこんだ。

彩さんとはそれ以来会っていないそうだ。

ナンバーワン

新宿歌舞伎町の某ホストクラブで現在、ナンバーワンに君臨し続けている翔君には、かつてこの店に入店した当時からずっと勝てない先輩ホストがいた。どんなに頑張って売上を上げてもこの先輩にだけは決して勝つことはできなかった。

というのも、ホスト業界では一番の太客を「エース」と呼ぶが、先輩にもいたのだ。先輩のエースは二十代後半のおとなしい性格の女性で、他県で風俗嬢として働いており、そこで稼いだほとんどの金をこのホストのために使っていた。

エースは毎日のように来る。そのおかげで先輩ホストは四年もの間ナンバーワンの座を守り続けていた。

ところが、エースは店に来なくなった。

働いていた風俗店で火災があり男女五人が死亡し、そのうちのひとりだったという。

出火の原因はわかっていない。

女性が亡くなって二ヶ月ほどの間は働いていた先輩だったが、ある日突然店を辞めてしまった。

プライベートで会うほどの大切な客がそんな死に方をしたことがショックだったのと、何より売上が減ったこともあった。

もうホストはやらない、と言っていたそうだ。


「それ、今から二年前のことなんですけど、実は最近先輩がまた歌舞伎町の別のホストクラブで働きはじめたそうで。この前会ってきたんですけど、近くにいるんですよ、彼女が」

「彼女」とは誰のことか聞いてみると、どうやら亡くなったあのエースのことらしい。

翔君が先輩の家に行くと、突然家具が動きはじめたり、電化製品が勝手に点いたり、まさにポルターガイスト現象のオンパレードなのだそうだ。

当初、翔君は驚いたが先輩はもう慣れたそうで「あの子ならいいよ全然」と、開き直っているという。

ところが怪現象は家だけに留まらず、先輩が客と同伴していると時計が割れたり、女性客のピアスがはじけ飛んだりすることもあるそうだ。明らかにエースがヤキモチをやいていることがわかるらしい。

ただ仕事だけはうまくいっているそうで、店内では決して不思議なことは起こらず、先輩は現在その店のナンバーワンらしい。

「僕もあのお客すごく好きでした。良い子だったんですよ。先輩とその子に会っていろんなこと勉強させてもらいました。感謝してます」

礼儀正しいホストの翔君。これからもナンバーワンとして頑張ってほしい。

記念撮影

これはまた別のホスト、龍哉君から聞いた話だ。

彼がまだ高校一年生のころ。

当時サッカー部に所属しており日々練習に励んでいた。

ある日、四国で大会が開催されることになり、龍哉君の高校も参加することになった。仙台からバスを貸しきって、監督と選手合わせて四十名ほどで会場である徳島県へ向かう。

一日目は移動で終わり、宿泊施設へ向かった。

そこはもともと学校だったそうで、何かのイベントがあるときなどに宿泊施設として使用できるように改装されていた。

龍哉君たち一年生八名は、視聴覚室だった部屋に割り当てられた。

何もない部屋に布団を運び入れると恒例の枕投げがはじまり、ひとしきり遊んだあとで一年生だけで記念撮影をすることになった。

カメラをセルフタイマーに設定し、全員横並びになり写真に納まった。

写真を撮り終えると写り具合を確かめるために、皆がカメラのまわりに集まってきた。

するとカメラの持ち主が、画面を見て「うわ、なんだこれ……」とつぶやいた。

覗き込むがよくわからない。

「どうした?」

「いや、これ……」

仲間のひとりが一番右端に写っている長松君を指さした。

「長松がなに?」

「肩……」

見ると、一番右端にいる長松君の左肩に、親指の位置からしてあきらかに左手とわかる手が載っている。

しかし長松君の横にいる部員の両手は、顔の前でピースを作っている。

長松君は端にいるのだから、反対側には当然誰もいない。

「誰の手だよ」

誰ともなくつぶやく声が聞こえる。

「それと、これ、なんだよ……」

長松君の足もとに、左手のない裸の日本人形が写り込んでいた。

慌ててみんなで部屋中を探したが、そんな人形などどこにもなかったという。

翌日のサッカー大会で長松君は左肩を骨折し、全治二ヶ月と診断された。

帰りのバスで確認したが、昨日撮ったはずの写真は消えていたという。

実験

現在三十九歳になる秋子さんは大の怪談好きで、休みの日となると、さまざまな怪談イベントへ足を運ぶ。

これは今にはじまったことではなく、もの心ついたころにはすでにこの世界の虜《とりこ》だったらしい。

小学四年生のころ、とにかく怖い本が読みたかったのだが、田舎だったので本屋がなかった。町の本屋へ行くにも車で一時間はかかる。おまけにその本屋には怖い本が三冊程度しか置いていなかった。

秋子さんは貯めたお小遣いを父親に渡して、怖い本を買ってきてもらうことを楽しみにしていた。

当時流行していたのは「サッちゃん」や「カシマさん」といった都市伝説で、秋子さんは夢中になっていたそうだ。

「もしもサッちゃんに出会ってしまったときは、逃れる方法があるんです。サッちゃんが大好きだったバナナを寝床に置いておけば、そっちに気を取られるから助かるんです。バナナの絵でもいいんです」

秋子さんは目を輝かせながら話してくれた。

その中で、当時一番気になっていたのが「カコリさん」というものだった。

カコリさんというのは広島にいたおばあさんのことで、戦争で亡くなったのだが、生前に家の戸の修理をよくしていたのだという。なので、「カコリ」という名を口に出すと、三日以内に自宅の戸を開けたところにモンペ姿の老婆が立つという話だ。

秋子さんは当時、このカコリさんにどうしても会ってみたかった。

そこで、友人のひとみちゃんと一緒に実験をすることにした。

おとなしい性格の秋子さんとは対極的に、いつも元気いっぱいのひとみちゃんだったが、彼女もまた大の心霊好きでふたりはよく気が合った。

その実験というのは、放課後ふたりで教室に残り、机に「カコリ」と書いて、名前を呼んでみようというものだ。

「これで会えるかな」

「三日以内だよ。どこに来るんだろ。来たらどうする？　逃げる？」

「うん。逃げる」

恐怖を感じながらも好奇心の方が勝っていた。ふたりは机にえんぴつで名前を書くと声を合わせて、

「カコリさん！」

空中に向かって大声を上げた。

しかし、いつまで待っても何も起こらない。

やがて教室の前を通りかかった担任が、ふたりを見つけて「早く帰りなさいよ」と声をかけてきたので教室を出た。

翌日にはふたりとも、カコリさんの実験のことはすっかり忘れていた。


実験をしてから四日が過ぎた。

ひとみちゃんが目の下にクマを作って、うつろな顔をして登校してきた。

席に着くなりものすごい剣幕で、先日机に書いた「カコリ」の字を消しはじめた。

いつも元気な彼女の様子がおかしいことを心配した秋子さんは声をかけたが、彼女はニコリともせず、ただ夢中で消しゴムを動かし続けた。

授業が終わって帰宅時間となり、秋子さんはひとみちゃんのもとへ向かう。何かあったのかと聞くと、今ここでは言えないという。

帰り支度をし、ふたりとも黙ったまま校門を出ると、ひとみちゃんは息を吐いてから「来たよ」とつぶやいた。

「何が？」

「言えない。言うとまた来ちゃうから」

そう言うとひとみちゃんは紙とエンピツを取り出し、こんなことを書きはじめた。

〈カコリさんを呼ぶ実験をして二日間はなにもなかった。でも三日目の昨日、うちにきた〉

「え！」

秋子さんはびっくりして声を上げた。

「詳しく教えて！」と食い下がり、ひとみちゃんはポツリポツリと話しはじめた。

ひとみちゃんの自宅は一軒家で、一部屋だけ和室があり和裁をする母親の作業部屋として使われている。タンスやアイロン台に埋め尽くされて、その部屋はとても狭い。洗濯してもらった体操服にアイロンがかかっているかを確かめようと、襖を開けたときだった。

部屋の中に、モンペのようなものを穿いた見知らぬ老婆が立っていた。

「誰ですか？」

聞くと老婆はニッと笑い、空間に溶け込むように姿を消したのだという。

「たぶん、あれはカ……」

と言いかけて、ひとみちゃんは慌てて口を閉じた。

「だめ。呼んだらまた来ちゃう」

そう言うと、ひとり走って帰ってしまった。

ひとみちゃんはそれきり、心霊本をまったく読まなくなった。

五年生になると秋子さんとはクラスも替わり、ほとんど会話することもなくなった。

「なんであたしのところに出てきてくれなかったんでしょうね。うちが団地だったからでしょうかね。あたしだったら大歓迎だったのに」

社会人になった秋子さんは、今でも怪談本を愛読しており、今年も多くの怪談ライブへ足を運んでいる。

畑仲間

牛抱家は山を切り開いて造られた新興住宅地のてっぺんに位置し、まわりは木々に囲まれている。運が良ければ野生のキジや見たことのないような美しい鳥たち、ウリ坊にも遭遇することもある。

我が家では、弟が結婚するまでの間は、家族四人が集まるとよく庭でバーベキューをしていた。

庭の一角にテーブルを置き、そこに七輪を乗せてバーベキューをする。外で食べるのはなかなか美味しい。庭で栽培している野菜も無農薬なので、食べたいときに採って新鮮なまま食べることができる。

父はサラリーマンでありながらも趣味で畑をやっていて、庭とは別な場所にも土地を借りて野菜を育てている。

父のほかにも何人かその土地を借りている方がいて、毎年誰が一番立派な野菜ができるか競い合っているのだそうだ。

父いわく「畑仲間」だそうで、おとなしい性格の父が畑をやるようになってからよく笑うようになった。

家の前に坂道があり、ここを上って林を抜けると畑にたどり着く。

おそらく四人揃ってバーベキューをした最後の日であったと記憶している。

当時まだ生きていた愛犬のキノコもいた。

夕方から食べはじめて満腹になり、ある程度片付けをしたところで飲みなおすことにした。

母と弟が並んで座り、テーブルをはさんで父と私が並ぶ。

ちょうど真後ろに畑へと続く坂道がある。

夕方、近所の方がこの坂道を通っているときに「あら、おいしそう！」と声を掛けていった。

少し恥ずかしくもあるが田舎ならではの交流だ。

夜になると外灯もない山の中だから、あたりは真っ暗になる。

「結婚したらもうこんなにしょっちゅうバーベキューできなくなるね」

「帰ってきたらまたやろうよ。人数増えたらまた楽しいよ」

弟の結婚が決まり、新居の準備も進んでいるところだった。そんな話に夢中になっていると、時刻は二十二時ちかくになっていた。

「じゃあもうそろそろ片付けて家、入ろ……」

そのときなぜか私は、背後の坂道を振り返った。

すると正面に座っていた母が、

「やめてッ！　なに？」

「別に、なにも」

「だってほらッ、キノコも見てる。いやだ」

キノコも私が見た真っ暗な坂道をじっと見ていた。

雑種ながら頭がよく、ふだんはかなりの番犬で誰かが通るたびに吠え立てるのだが、このときはただ闇をじっと見ているだけで、吠えもしなければしっぽも振らなかった。

「なんでもないよ」

母にはそう伝えたが、まったく信じてもらえなかった。

私は林の方から誰かが歩いてくる気配を感じていた。真っ暗でほとんど何も見えないが、その闇の中でぼんやり細身の中年の男性が坂の上から腰を曲げてこちらを覗きこんでいるように見えた。なので、また畑から戻ってきた人が「おいしそうですね」と、声をかけてくるものだと思ったのだが、よく考えてみるとこんな時間に灯りのない畑に人がいるのは考えにくい。もう一度よく見たら誰もいなかった。

——ただ、キノコは黙って闇を見つめ続けていた。母が極端に恐がったので、皆は家の中に入ることにした。

翌朝早くに電話が鳴り、受話器を取ると町会の回覧だった。

内藤さんという男性が亡くなったという連絡だった。

両親にその旨を伝えると、父が「畑仲間のひとりだった」と顔をくもらせた。

畑からの帰りに坂の上から腰を曲げて覗き込むようにして「ぶどうの実はもう成ったかい」と聞いてくることもある、細身の中年の男性で心の優しい人だったという。

そう聞いて、昨夜の坂道に人がいるように感じたことを思い出した。

もしかしたら最後に、仲の良かった畑仲間である父に挨拶に来たのかもしれない。
しかし、両親には未だ伝えずにいる。

屋根裏部屋

島田さんが小学四年生のころだというから、今から二十年ほど前のことになる。

毎年夏休みになると、母親の実家がある新潟で過ごすのが恒例になっていた。

その年も夏休みに入ってすぐに新潟へ出発した。

父親の運転する車で東京から向かう長距離の旅である。途中休憩を挟みながら、五、六時間ほどかかる。

優しい祖父母に会えることも楽しみだったが、この日は夏祭りに連れて行ってもらうことになっていたので、道中、島田少年のテンションは跳ね上がりすぎてまったく眠たくならなかった。

昼過ぎに新潟に到着すると祖父母が笑顔で迎えてくれた。

「寝ておかないと祭りで眠くなるよ。少し寝ておきなさい」

母親に言われ島田少年は屋根裏へ続く梯子《はしご》を上った。

昼寝をするのは決まってその屋根裏部屋だった。

急な黒い梯子を手と足とを両方使って上がる。

真夏の盛り、上がれば上がるほど屋根からの熱気が伝ってくる。

額の汗をぬぐいながらようやく梯子を上りつめ、姿勢を正したときだった。

目の前に、色鮮やかな着物を身にまとった若い男女が、こちらに背を向けて立っている。

「あのう……こんにちは」

島田少年が声をかけると女性がゆっくりと振り向き、驚いたような表情で首をかしげる。彼女は着物を幾重も羽織っており、手に持った扇子をひとあおぎすると、にっこりと笑って優雅にお辞儀をした。色白で美しく、着ている着物も鮮やかで、その美しさに目のくらむ思いだった。

女性の隣にいる男性は島田少年が見たこともないような長い黒い帽子を被っていた。こちらを振り向いた彼も、女性と同じように肌が真っ白だった。

（いったい、このひとたちは誰なんだろう）

不思議に思いながらその男女と目を合わせていると突然、全身に鳥肌が立った。理由はわからなかったが（このふたりとは一緒にいてはいけない）と感じたのだ。

島田少年は慌てて梯子を下りた。

「じいちゃん、ばあちゃん！」

夢中で叫びながら客間へ向かう。

「上の部屋にいるの、いったい誰なの！」

祖父母は島田少年の剣幕に顔を見合わせると、上には誰もいないよと言う。

いたんだもん、と言う島田少年とともに、祖父母と母親まで一緒に屋根裏へ上ってみたが、そんな男女はどこにもいなかった。

ただ、そこには小さな古い雛《ひな》人形が仕舞われていたという。

バンジー

縁あって私は歌舞伎町にある「怪談ライブＢＡＲ」で働かせていただいている。ここでは日替わりで怪談師が出演し、一時間に一度、十五分ほどの怪談ライブを行う。あの日は同僚の怪談師、村上ロック氏と共に遅い時間帯のライブを任されていた。歌舞伎町という土地柄、深い時間でもお客様は来店される。


それは、深夜二時台のライブでのこと。

この回のステージはロックさんが担当し、店内には最前列に若い女性客が二名、後方の座席には男性客が五名いて、私は最後方の席でステージを見ることにした。

この回でロックさんが語り始めたのは、バンジージャンプにまつわる怪談だった。

高所恐怖症の青年が、得体の知れぬ何かによって飛び降りを促されるという内容のものだ。

話も佳境に入るころ。

この話の肝となる「スリー、ツー、ワン、バンジー！」という台詞があるのだが、ロックさんが「スリー、ツー」まで言ったそのとき、店外から、

「きゃあッー！」

悲鳴が上がった。

店内にいた全員がその声を聞いた。

それまで全員がロックさんの話に集中していたのだが、悲鳴が聞こえたと同時に女性客二人が携帯を取り出し何かを見はじめた。

ステージが終わると女性客はすぐに席を立ち上がり「帰ります」と言う。

まだ残り時間はあるうえ、ふたりの様子がおかしなことに疑問を感じた店長が声をかけたところ、

「いや、ちょっと、そこで、人が。怖いんで帰ります」

そう言うなり慌しく帰って行った。

このご時世、今起きたことはすぐに調べることができる。

いったい何が起こったのか調べてみると、先ほどロックさんが「スリー、ツー」と言った直後、このビルの斜向かいのビルから男性が飛び降り自殺をしたということだった。

あまりのタイミングに、ロックさんもほかのお客様もしばらくの間は放心状態になってしまっていた。

単なる偶然なのかもしれないが、以来この話は控えるようにしているそうだ。

じゃない

埼玉県在住の大学生、安村さんの体験談である。

彼は実家で両親と三人暮らしをしているのだが、もの心ついたころから家族との会話はほとんどない。仕事で忙しい父親は深夜に帰宅するため顔を合わせることもなく、母親は無口な人だし、安村さんの部屋へ来ることなどもまずなかった。

家族それぞれがまるで空気のような存在になっていたが、それが当たり前だったので気にもならなかった。


今から一年前の冬。この日は冬休みの初日で駅前の居酒屋で同級生たちと酒を飲んでから二十時過ぎに帰宅した。

自室でベッドに横になったときだった。

「あんたいつ帰ってきたの?」

ドアの外から母親が呼びかけてきた。

ふだんほとんど会話もしないのでめずらしい。久しぶりだし少し話をしようと起き上がったが、なぜか声が出ない。

違う――声が出ないのではなく、声を出せないのだ。

安田さんが戸惑っているとドアの外から何度も母親が話しかけてくる。

そのうちにドアが叩かれ「入ってもいい?」と尋ねられた。

声を聞いて安田さんは自分の体から血の気が引いていくのを感じた。

ドアのむこうから聞こえるのは母親の声だが、どうしても母親とは思えない。なぜなら、これまで母親は一度も部屋に来ることがなかったからだ。

そのとき、突然耳鳴りがした。

なぜか得体の知れぬ恐怖感に襲われ、手もとにあった毛布を頭から被ると横になった。やがてほろ酔いだったこともあり、いつの間にかそのまま眠りに落ちていた。

ふと目を覚ますと深夜だった。

先ほどのことは夢だったのかと安心したが、なぜかまだ寒気がする。

まさか――。

そう思ったとき、ふたたび母親の声が聞こえてきた。

「ねぇ、入っていい？」

安田さんは（あれから何時間経っているんだ？）と、時計を見ようとした。するとと「ガチャリ」と、ドアノブが下がる音が聞こえてきた。

慌ててまた頭から毛布にくるまる。

（ぜったいに母さんじゃない！　ぜったいに母さんじゃない！）

ゆっくりと床を踏む足音が近づいてくる。

足音はベッドの前で止まった。少しの静寂のあと、毛布越しのすぐ耳元で、

「やっぱり起きているじゃない。フフフ……」

母親にしては妖艶な口調の声が聞こえた。額に次々と脂汗がつたう。

出たらだめだ。応えてもだめだ。

毛布を握り締めながらじっと堪える。すると頭上から、

「なんだ、バレてるんだ」

母親とはまったく別な男の声がした。

（誰だこいつ……）

その刹那、何者かが背中側から毛布の中に入り込んできた。

恐怖のあまり身動きのとれなくなった安村さんの耳元で、その何者かは低く囁く。

「なんで無視するの？　起きてるんでしょ？」

「うわあああッ！」

とうとう耐えられなくなり、毛布を跳ね除けるとそこには誰の姿もなく、ドアもしっかり閉まっていた。

慌てて一階へ駆け下りると、リビングで母親が何食わぬ表情でお茶を飲んでいる。

今しがた起きたことを伝え二階へ来たのは母さんかと聞くと、今夜は仕事で遅くなり帰宅してきたばかりで二階へも上がっていないということだった。

久しぶりに話しかけてきたと思ったら、いったいなんなのよ、あんた、と母親に軽くあしらわれた。

この日以来、実家のことが気味悪く思えるようになった。

すぐに大学の寮へ引っ越すことを決めたそうだ。

じゃない——続く

大学の寮へ移ってからしばらくして、安村さんには彼女ができた。

おとなしい性格の安村さんとは裏腹で、明るく笑顔が魅力的で可愛らしい人だ。

夏休みに入ると寮生たちは続々と実家へ帰省して行ったが、以前体験した奇妙なできごとが心の奥底に引っかかっており、安村さんは実家から足が遠のいていた。そのため、ひとりで寮に残ることにした。

結局、安村さんだけが残ることになり、寮の鍵の管理まで任されることになってしまった。

——退屈だった。何もすることがない。

ふだん一緒にいるとやかましく感じる同部屋の仲間たちも、完全にいないとなるとつまらない。

　そこで、寮へ彼女を呼ぶことにした。

　男子寮のため当然、外部の人間で、ましてや女性を招くことはご法度なのだが、そのことを彼女に伝えると、

「何それ楽しそう！　行く行く！」

　すぐに、泊まるつもりで遊びに来てくれた。

「誰もいないからバレないっしょ」

「そうだね。なんか楽しい」

　この寮では一部屋に二段ベッドがふたつあり、安村さんは左側の下の段を割り振られていた。

「こんな狭いところに寝てるんだね」

　彼女は無邪気に笑う。

　悪いことをしているとは思いつつ、好きな彼女と一緒に過ごすのは楽しく、あっという間に時間が過ぎていった。

　やがて夜も深くなり眠る前に寮の玄関の鍵をかけた。そして各扉や窓の施錠の確認

に回った後、部屋に戻り明かりを消すとベッドに横たわった。

静まりかえった部屋の中、すぐに彼女の寝息が聞こえはじめた。

しばらくの間、彼女の可愛らしい寝顔を見つめてぼんやりしていると「ガチャッ」と玄関の扉が開く音が聞こえた。

咄嗟に（やばいッ、彼女のこと隠さなきゃ）と、彼女に急いで毛布をかけた。

ほどなくして廊下を歩く足音とともに部屋のドアが開いた。

真っ暗な部屋だが足音で後輩の坂本だとすぐにわかった。

「坂本、お前実家に帰るって言ってなかったっけ」

「いや、今回は帰るのやめたんすよ」

後輩の坂本のベッドは安村さんの真上で、ギシギシと音を立てながら梯子を上っていく。

（時間の問題だな。彼女のこと連れ込んでるのバレたらまずいな）

彼女の存在を隠すことで頭がいっぱいだったのだが、ふと冷静に考えてみると寮生の全員から鍵を預かっている。表の鍵も安村さんしか持っていないはずだった。

寝る前にしっかり戸締りもした。

じゃない――続く

いったい坂本はどうやって入って来たんだ？

しかも灯りも点けずに真っ暗な中、すべるようにベッドに向かってきた。

部屋のテーブルには彼女と食べたお菓子の空き袋や空き缶などもそのままだし、床には脱いだままの服が散乱した状態で片付けていないにもかかわらず、坂本はつまずくこともなかった。

（こいつに話しかけちゃまずかった）

咄嗟に感じたときだった。

「先輩、ダメっすよ、女の子連れ込んじゃ」

ベッドの上から逆さまになった坂本の黒い影が、こちらを覗き込んだ。

彼女の姿は毛布で覆っている。おまけに真っ暗で坂本から彼女が見えるはずもない。

安村さんは確信し、

「お前、坂本じゃないな」

と言うと、その影は、

「今回はわりと早くバレたか……」

スッと逆さまの顔を引っ込めた。

それは、坂本さんの声とはまるきり違う低い男の声だった。

「お前、誰なんだよ！」

影は応えることはなかった。

安村さんの声に驚いて目を覚ました彼女と、その後ベッドの上段を確認してみたが、そこには誰の姿もなかった。

部屋のドアも玄関の鍵もしっかりと閉まっていた。

またあいつだ。あいつに会ってしまった。実家にいるとばかり思っていたあいつが来た。

安村さんはこれまでのことを彼女に話すと「それっていったい誰なの？」と聞かれたのだが、まったく見当もつかなかった。

ただ、声はどこかで聞いたことがあるような気がしたそうなのだが、未だそれが誰のものだったか思い出せずにいるという。

そして、そう遠くない未来、その得体の知れない「○○じゃない」誰かが、またやってくるのではないかと気がかりでならないのだそうだ。

おんな

長谷川さんの祖父である靖男さんが、旧制高等学校時代に体験したそうだ。

靖男さんの実家は福井県で、学校は石川県金沢市にあった。

当時は今ほど交通網も発達していなかったため、毎日汽車で通うことはむずかしいと親が考え、学校内に併設された学生寮に入って生活を送ることになった。

寮は学校の敷地内に三棟あり、時習寮と呼ばれていた。

この時習寮には、以前から奇妙な噂があった。

――真夜中になると、ある一室に女のゆうれいが現れる、というものだ。

その部屋は、三棟ある寮の真ん中、二階の一番隅にある物置のような部屋で、ふだんは誰にも使われていない。

ある冬の夜。

靖男さん含めた寮生たち何名かで、噂の部屋に泊まってゆうれいの正体をつきとめようということになった。
十七、八歳の血気さかんな若者たちは、ゆうれい見たさに続々と集まってきた。
おのおの襖《ふすま》や押し入れに入って身を潜め、夜が更けるのを待つ。

靖男さんは、部屋の中央に敷いた布団にもぐり込み、様子をうかがっていた。

やがて、零時を知らせる時計が音を鳴らす。

部屋の入り口の引き戸の上は窓になっている。廊下から月明かりがさし込み、部屋はほんのりと明るくなっていた。

布団の中からぼんやりと窓を見ているとペタリ、と白い手が貼り付いた。

（あッ）と驚いていると、さらにもうひとつ、手が貼り付く。

その手の間から、白い女の顔が部屋を覗きこんだ。

窓は人が立って覗ける高さではない。隠れている友人たちにいったいどう伝えれば良いかわからず、布団に入ったまま目をつぶり寝たふりをすることにした。

恐ろしさで震えが止まらない。

しかし友人に伝えたい。

しばらく葛藤していたが、部屋の中に違和感を覚えて耳を澄ます。

すす、すす、と足音が近づいてきた。

息を殺しながら目を閉じていると、突然足もとの布団を誰かがまくり、靖男さんの足首をつかんだ。

冬場ではあるものの、その手は尋常ではないほどに冷たく、思わず「ひぃッ」と声を上げ目をあけた。

見ると、足もとに見知らぬ女がしゃがみこんで布団をめくって中を見ている。

靖男さんは飛び起きると、「いたぞ!」と声を上げた。

その声に、隠れていた仲間が押入れや襖《ふすま》の向こうから顔を出したが、瞬きをしたとたん、女の姿はどこにもなくなってしまっていた。

「本当にいたのか。寝ぼけていたのじゃないか」と口々に言われ、なんとなく興が冷めた。これで潮時かということで友人たちはそれぞれの部屋に戻っていってしまった。

しかし、あの生々しい手の感触のことが気になり、どうしても夢ではないということを確認しなければならないと感じた靖男さんは、からかう友人たちを見送った後、たったひとりこの部屋に留まることにした。

先ほどの恐怖感もあり、はじめは眠るどころではなかった。

布団の上であぐらをかいたままじっと待っていたのだが、張り詰めていた緊張のせいで疲れが出たのか、いつの間にか眠ってしまっていた。

顔に何かが触れたことを感じ、目を覚ました。

目の前に、ざんばら髪を垂らした女の顔がある。

色の白いその女は、細い指で靖男さんの頬にそっと触れた。その手は氷のように冷たい。

そして「ハルオさん……ハルオさん……」と言って、胸にその顔をうずめて泣き出した。

（ハルオって誰だ？）

靖男さんは、咄嗟に日蓮宗の経文を心の中で唱えた。

気がつくと部屋は明るくなっており、そこには誰の姿もなかったのだが、靖男さんは夜中に見た女のことがどうしても忘れることができなかった。また恐ろしいという感情もまったく持てなかったため、長くこの学校にいる教師に聞いてみると、過去にこの部屋に住んでいた学生が病気で急死したことがあると知った。

その学生には許婚《いいなずけ》がいたのだが、彼の死をはかなんで後追い自殺してしまったという。

以来なぜかこの部屋にはその学生ではなく、許嫁の女性の霊が出るようになったため物置部屋にしたそうだ。

あれが許嫁の女性のゆうれいだったのか、それとも夢だったのかはわからない。しかし、悲し気なあの女性のことを思うと自分は将来お嫁さんをもらったら、決して悲しい思いをさせないようにしたいと、靖男さんは心に決めたという。結婚したあとは、近所ではおしどり夫婦として仲むつまじく暮らしたということだ。

呉市の友

これも戦時中の話で、大輔さんが祖父の常雄さんから聞いた話だ。

常雄さんは第二次世界大戦終盤に学徒出陣で徴兵され、幹部候補生としての訓練を受けることになった。

常雄さんは海軍に所属し、いつ戦地に送られても良いようにと毎日厳しい訓練に励んでいたという。

徴兵された仲間には、さまざまな地方の出身者がおり、常雄さんが最も親しくなったのは広島県呉《くれ》市出身の宮本さんという青年だった。

訓練は日々辛いものだったが、その合間に宮本さんと会話をすることでその辛さを紛らわせることができた。

あるとき、宮本さんは常雄さんにこう言った。

「戦争が終わったら、俺の故郷の呉に来てくれ。約束だぞ」

その言葉に「ああ。きっと行く」と約束をした。

それから数日後。訓練で遠泳が行われることになった。

二人一組になり、隊列を組んで泳ぐというものだ。

常雄さんと宮本さんは、それぞれ別々の人と組んでいた。

遠泳訓練も終盤にさしかかったときのこと。

「宮本がいない！」

どこからか大きな声が上がり、見ると宮本さんと組んでいた仲間が海面からこちらに大きく手を振って叫んでいる。

一瞬にしてその場が静まりかえった。

皆、周囲を見回すが宮本さんの姿はどこにもない。

「均等に間を開けて、浜辺に一列に並べ！」

上官が全員に向かって叫ぶ。急いで浜に上がると海に向かって並んだ。

「溺れた者は肺の中に空気が残っているから一時的に浮いてくるはず。そこを見つけるように」

常雄さんら学徒たちはその言葉に従い、宮本さんを捜しはじめた。

胸が張り裂けそうな思いに堪えながら必死に友を捜す。

しかしいくら捜しても見つからなかった。

やがて諦めに似た空気が全員を覆い尽くし、だんだんとあたりは暗くなっていった。

「あ、上がったぞ！」

という叫び声で振り向くと、ひとりの男性の姿が水面にぽっかりと浮かんでいる。

宮本さんだった。

残念ながらすでに息絶えていたという。

常雄さんたちは訓練を終え、宮本さんの遺体を連れて宿舎に帰った。


宮本さんが訓練中に亡くなってからしばらく経ち、常雄さんは転属を命じられた。

場所は広島県広島市。

転属になって数日が経ったある晩のこと。

真夜中にふと目を覚ますと、足もとに宮本さんが立っていた。

「宮本」

常雄さんが声をかけると、宮本さんは何も言わずに微笑み、姿を消した。

日本の戦況は日に日に悪くなっているようだった。常雄さんは下っ端だったので詳細はわからなかったが、そんな仲間うちでも日本劣勢の噂は耳に入ってきていた。

広島に移って落ち着く間もなく、なぜか同じ県内の呉市への転属が命じられた。

「戦争が終わったら、俺の故郷の呉に来てくれ。約束だぞ」

「ああ。きっと行く」

常雄さんは宮本さんとの約束の言葉を思い出していた。

(宮本が呼んでくれたのかな)

呉市には大きな軍港があり、そこで訓練を受けることになった。


呉市に移り三日ほど経った一九四五年八月六日の朝。

訓練の準備をしていると突然あたりに明るい光が走った。

「な、なんだ?」

光った方を向く。

呉市は周囲をいくつもの山で囲まれている。そのうちのひとつの山の向こうから大きなきのこ雲が、もくもくと立ち上った。

広島市の方角だ。

それは、広島市に投下された原子爆弾であった。十万人以上もの死者を出した核兵器で、広島市に駐屯していた部隊の多くも甚大な被害を受けた。呉市に転属していなければ常雄さんもよもや亡くなっていたかもしれない。

「宮本……もしかしてお前が故郷に呼んでくれたことで俺の命を救ってくれたのか？」

常雄さんは、空に向かって涙を流した。

その後、幸いにも実戦の場へは赴くことのないまま終戦を迎えた。

そして常雄さんは、宮本さんと過ごした青年時代のことを片ときも忘れずに天寿を全うした。二〇〇九年に八十七歳で亡くなり、友の待つ天国へと旅立ったということだ。

ついてくる

一九八八年の某日。

当時大学生だった田口さんは、街中で久しぶりに後輩の佐藤さんと顔を合わせた。後輩はげっそりとやつれたように見えた。

田口さんはラグビー部に所属しており、その後輩も部員のひとりだったのだが、部会での飲み会を最後にまったく顔を出さなくなり、連絡も途絶えていたので気がかりだったのだ。

「佐藤、心配したぞ。今まで何していたんだ」

田口さんが聞くと佐藤さんは「あの日からあの女がついてくるから」と言って震え出した。

そんな佐藤さんをなだめながら、ちかくのベンチに座らせると話を聞くことにした。

その日はラグビー部全員が集まり、渋谷で部会と称した飲み会が開催された。

終電の時間が近づくと部員のほとんどが帰ってしまったのだが、佐藤さんは酔いつぶれ、気がついたときには店の外で眠り込んでしまっていたという。

終電はすでになくなっており仲間の姿もなかった。

佐藤さんはふらつきながらも渋谷から原宿方面に向かって歩きはじめた。

歩いて高田馬場にある寮へ戻ろうとしたのだ。

渋谷から原宿へ行く途中には明治神宮があり、そこを通り抜けて行くことにした。

明治神宮は都会とは思えぬほど緑豊かで、日中は多くの参拝者が訪れる場所だ。

佐藤さんが敷地内へと足を踏み入れたときには、すでに真夜中の一時をまわっていて、ひと気はない。

木々に覆われた敷地内をフラフラと歩いていく。

「飲みすぎたのは悪いけど、俺ひとり置いて帰るなんてあいつらひどいな」

佐藤さんは酔いにまかせて仲間をののしりながら歩いた。

しばらく進んでいくと、数メートル先の木の脇で何かが動いているのが見えて立ち止まった。

そこから何やら鈍い音が聞こえてくる。

「なんだ？」

回り込んで木の向こう側を覗く。

そこには白い装束のようなものを身にまとった女が立っていた。

髪を振り乱し、鈍い音を立てながら何かを木に打ち付けている。

（なんだあの女。やばい。見つかったら殺される……）

咄嗟にそう感じ、女には決して気づかれぬようその場を離れようとした。

ところが酒を飲んでいたということもあり、足がもつれてその場に転んでしまった。

女は佐藤さんに気がつき、右手に金づちを振り上げた姿でこちらをじっと見ている。

「うあああッ！」

立ち上がると、木々に覆われた参道を夢中で走り出した。

振り向くと、女は走って追いかけて来た。

「なんだよ！　来るな！　俺は関係ないだろ！」

叫びながら走り続けた。

「ふざけんな。ついて来るな！」

やがて女を振りきると近くの公衆トイレに入り、鍵をかけて呼吸を整えた。

恐怖のあまり酔いはすっかり覚めていた。

さすがにもう追ってくることはないだろう。

そこで座り込むと気が緩んだのか、いつの間にか眠ってしまった。

気がつくとあたりは明るくなりはじめていて、スズメの鳴き声が聞こえている。

始発電車も動きだしたようで電車の走行音もある。

「もう朝か。なんで俺こんなところにいるんだろう。ああ、変な夢を見たんだった」

トイレの扉を開けようとした。ところが扉は開かない。そのとき頭上から、

「ふふふ……」

見上げると、トイレの扉の上から白装束の女が見下ろして笑っていた。


「あの後、どうやって帰ったかわからないんです。今もあの女がついてくるからひとりになれなくて。外出するときはいつも彼女についてきてもらっているんですよ。紹介しますね、俺の彼女です」

そう言って佐藤さんが指さす方向には誰もいない。見えない誰かに向かって「俺の先輩。ふふふ……」と笑っていたという。

初恋のひと

東京でひとり暮らしをしていた涼さんは、久しぶりに広島の実家へ帰省すると、高校時代に仲の良かった女ともだち数人と食事をすることになった。

涼さんは男性だが、むかしから女性のともだちが多い。

十八年ぶりの再会で美由紀さんがアルバムを持参してきていた。

「おっ、さすが美由紀。相変わらず気が利くな」

アルバムをめくると、徐々に遠い高校時代の記憶がよみがえってきた。

涼さんは高校一年では五組で、このクラスは男女の仲がとても良くほかのクラスからも羨ましがられるほどだった。

その仲の良い五組の教室に、休み時間になるといつも必ずやってくる女生徒がいた。

彼女は三組だったが、自分のクラスに馴染むことができないのだという。

この女生徒は涼さんのクラスの美由紀さんと仲が良かったので、涼さんも自然と彼女と会話するようになっていた。

彼女の名は「涼子さん」といって、涼さんと漢字が一緒であった。別のクラスでありながらも仲が良くなり、しだいに彼女のことが気になるようになっていった。

彼女とはよく会話もするし、夏休みには一緒に補習を受けたこともあったのだが、学校の外で会ったりデートをするようなことはなかった。

どうしても誘う勇気が出せずにいたのだ。

結局、気持ちを伝えられないまま卒業をむかえた。


十八年も前のことだが思い出話に花を咲かせているうちに、涼さんたちは当時に戻ったようにはしゃいだ。

クラスで一緒だったメンバーや先生の名前が次々に出てくる。

「そういえば涼子ちゃん。今どうしているかな」

涼さんがおもむろに言うと美由紀さんが、

「涼子ちゃんて誰？」と言う。

「え？　美由紀仲良かったじゃん。三組の本田涼子ちゃん」

「誰それ、知らない」

涼子さんはおとなしい人だったが、毎日のように五組まで通ってきていた。ましてや美由紀さんは最も仲が良かったはずである。知らないはずはないと涼さんはアルバムをめくっていく。一ページ……二ページ……三ページ……。

いない。

どのページを探してみても、涼子さんの写っている写真はない。

涼子さんがいた三組のクラスのページにも姿がなかった。

一年から三年までの思い出のページ。

部活動や行事のページ。

いない。どこにもいない。

どこを探しても涼子さんの写っているページはない。

「本田涼子なんて人いなかったよ。涼君が勝手に記憶を作り出したんじゃない？」

そう言われ涼さんはムキになって、

「そんなことない。いたんだよ」

と答えたが、その場にいる全員が「本田涼子」というその女性を知らなかった。

腑に落ちないまま解散し、電車に乗り込んだ。

座席に腰をかけ腕組みをした瞬間、ふとあることを思い出した。

卒業式の日、教室に涼子さんがやって来てこう言った。

「涼君。私、卒業アルバムに載ってないけど、私のことずっと忘れないでいてね」

その後、友人や先生にも確認をしたが「本田涼子」を知るものはなかった。


「自分が存在していると思っていた人物が実際には存在していなかったって話、怪談ではよくあるパターンじゃないですか。都市伝説みたいな。でもね、それってそれだけ経験した人がいるってことで、作り話とは言いきれないと思うんです。だって実際、俺が経験者ですから」

女将さん

私の恩師である俳優の須《す》藤《どう》為《ため》五《ご》郎《ろう》さんの体験談である。

ある晩、一日の仕事を終え布団にもぐり込んだ為さんは、疲れのせいもありすぐに深い眠りに入っていった。

どれくらいの時間が経ったのか。

自分の頬に誰かの手が触れる感触で目を覚ました。

見ると、上に誰かがのし掛かっている。

どうやらそれは女性のようなのだが顔ははっきりとは見えない。

女性は為さんの頬をゆっくりと撫で「為ちゃん」と囁き、唇をあてると、

「愛してるよ」

そうつぶやいた。

しわくちゃの手で、しゃがれた声だった。

為さんは下町生まれの下町育ちで、しょっちゅう浅草界隈の食堂や飲み屋へ通っている。人当たりが良いので、定食屋、中華料理屋から鮨屋まで、多くの場所へ顔を出しては人の輪を大切にしていた。

そんな数ある飲食店の中で一軒だけ、為さんにとって母親のような存在の女将さんがいる飲み屋があった。

「たぬき」という、洞窟のような内装の炉端焼き屋だ。

私も何度かそこへ連れて行ってもらったが、そこの女将さんはとにかく人の好き嫌いがはっきりしていて一見さんはまずお断り、気に入らない客がいれば帰してしまう。ところがきちんと会話をしてみると情が深く、仲良くなれば家族のように人を大切にする、絵に描いたような江戸っ子気質だ。おそらく当時六十代くらいだったように思う。

為さんはその女将さんのことを愛情込めて「たぬきのババア」と呼んでいた。女将さんも為さんにそう呼ばれることを喜んでいた。

女将さんが日に日に痩せていくのが気になりだしたのは、今から六年ほど前だ。店に行くたびいつものカウンター席でタバコをふかし、しゃがれた声で、

「いらっしゃーい」

と言うその声も、あまりにも痩せているせいで痛々しかった。

それからしばらくの間、私は店に行く機会がなかったのだが、一年ほど経ったある日、為さんから連絡があった。

「この間、不思議なことに、たぬきの女将がうちに来たんだよ」

と言う。

「でもおかしいんだよな。だって真夜中に寝てる俺の布団に乗っかって、キスしてくるんだから」

女将さんは為さんに何度もキスをして「為ちゃん、為ちゃん」と言い続けたそうだ。

やがて朝になり、為さんはひとり布団の中で目を覚ました。

(なんだ夢か。そりゃそうだよな。女将、入院中だもんな)

布団でぼんやりしていると携帯が鳴った。

たぬきの女将さんの息子さんからだ。

「母が危篤なんです。夜中に母が何度も『為ちゃん、為ちゃん』て言ってたんですけど時間も時間だったんで今にしました。最期に会いに来てやってくれませんか」

すぐに病院へ向かったがベッドに横たわる女将さんの意識はすでになく、会話をすることもできなかった。

為さんは女将さんのやせ細った手を取ると、自分の頬に当て「昨日、俺んところに来たもんな」と話しかけた。その手の感触は、眠っている為さんの頬を撫でた何者かの手の感触と同じだった。

「ありがとう。会いに来てくれてありがとう」

為さんは女将さんの最期を看取《みと》った。

その後、息子夫婦が継いだ「たぬき」に毎週通い続け、必ず女将さんがいつも座っていたカウンターの端の席で一杯だけ飲んで家に帰るのが日課となった。

残念ながら居酒屋「たぬき」は二〇一七年に閉店してしまった。

為さんは、今でも浅草へ行くとそこには女将がいて、しゃがれた声で「いらっしゃーい」と言ってくれそうな気がするのだそうだ。

猿と林檎

将来はバンドで生計を立てようと夢見て東京に出てきた徹さんは、東京下町の亀有のアパートで暮らしはじめた。

田舎の家族には「俺は必ずスターになる」と言いきって出てきたものの、なんのあてもなく、バイト生活で借りられる物件は安いアパートしかなかった。

築五十年以上の古い木造建てで、今にも崩れそうな状態だ。

玄関は共同で、ガタガタと音の鳴る扉を開けると下駄箱が設置してあり、そこで靴を脱いであがる。

徹さんの部屋は一階の一番奥、すべての部屋は引き戸になっている。

トイレも共同だ。

お風呂はないので三日に一度、近くの銭湯まで通っている。

このボロアパートに住みはじめてすぐに徹さんは違和感を覚えていた。

それは日中でも夜でもそうなのだが、目には見えない不思議な気配のようなものを感じるのだ。

バンド活動のないときには配送屋でアルバイトをしており、日中は部屋を空けることが多くよかったのだが、夜になるとなぜか不安な気持ちになるのでバンドのメンバーやバイト先の友人を呼んで毎日誰かしらに泊まりに来てもらうようにしていた。

ある晩のこと。

この日は泊まりに来る友人もなく久しぶりにひとりで眠ることになった。

バイトの疲れもあり帰宅してすぐに布団にもぐり込む。

真夜中の一時ごろだった。

布団に入ってからすぐに異変に気がついた。

カタカタ、カタカタと、暗い部屋の中で物音が聞こえてきた。

（なんだ?）

まだ眠りについていなかった徹さんは聞き耳を立てる。

カタカタ、カタカタと、やはり音が聞こえる。

（やばい。なんだ？）

そっと布団をめくり物音を立てないように起き上がった。

見ると、扉の開いた冷蔵庫の前に、黒い影のようなものがある。背格好から推測すると、どうやらこどものようだ。

しかしこのアパートにはこどもの住人はいない。ましてやこんな夜中に人の部屋に入ってくるこどもがいるはずもない。

そのこどもは冷蔵庫の庫内灯の明かりの手前で、両手で何かをむさぼり食べている。

「ひいっ！」

あまりの光景に思わず声を上げた。

するとこどもは動きを止め、ゆっくりとこちらへ振り向いた。

それは人間のこどもではなく、痩せた猿だった。

猿は、徹さんがアルバイト先からもらって冷蔵庫に入れてあったリンゴを両手で掴み、口もとでびしゃびしゃ音を立てながら噛んでいる。

しわくちゃの顔に黄色い目でこちらを見つめ、喉の奥から「ウウ……」とうめいた。

徹さんは「わあああッ！」と大声を出しながら、すぐに電気を点けた。

ところが不思議なことに電気を点けてみると、そこには猿の姿はなかった。戸もしっかりと閉まっているが、冷蔵庫の扉が開いていた。

その前には食べ散らかしたリンゴの残骸だけがあった。

「あれは人間じゃなかったことだけは確かです。猿……のような、何かでした。でも猿とも言いきれないんですよね。飢えた人間があんな姿になっちゃったんじゃないかって今はそう思ってます」

徹さんは住みはじめてから気がついたそうなのだが、このアパートの裏手には巨大な墓地があり、彼の部屋の横あたりには無縁仏の塚があったそうだ。

墓地はコンクリート塀に囲まれており周りからはまったく見えなかったので気がつかなかったという。

ただ安いという理由でアパートを借りたことをひどく後悔し、そのあと直ぐにここを立ち退いた。

現在はバンドではなく、地元に帰って配送屋となり、まじめに働いているそうだ。

天使の輪

二〇一五年、東京都内の某図書館で「怖い朗読会」を開催したときのこと。

客席に、ひと際目立つ素敵なマダムがいた。

おそらく七十代くらいだと思うが、着ている服も、かもし出すオーラもすべてにおいて優雅な方だった。

会が終了すると、マダムは「良かったわよ」と言って廊下を歩いて行かれたのだが、すぐに向き直ると私のそばまで戻って来て低く落ち着いた声で、

「お時間ある？　あなたとお話がしたいの」

そう言って話しはじめた。

「私はね、ゆうれいだとか、そういったことはまったく信じていないの。むしろ会ったら話してみたいから出てきてほしいくらいだわ。だけど一度だけとても不思議なこ

とがあったからあなたに聞いてもらいたいと思うのよ。もう四十年ちかく前のことなんだけど」

マダムはご自身のことを「アーティスト」と言い、長い間パリで生活をしていたのだと話した。

パリでの生活の間、オスのチワワを飼っていたという。

毛並みもよく瞳も月のようにきれいで、そのチワワに「ムーンムーン」という名前を付けた。

マダムとムーンムーンは片ときもそばを離れなかった。

独身の彼女にとってムーンムーンはペットでありながら恋人のような存在でもあったという。

しかし、ペットとの別れはいつか必ずやってくるもの。

ムーンムーンはマダムのそばを離れ、虹の橋を渡ってしまった。

家族同然だったムーンムーンとの別れに彼女は泣き続けた。

火葬場で小さな骨となってしまったムーンムーンの入った箱を抱きしめながら帰宅すると、いつも彼が寝ていたベッドの足もとにそっと置き、

「あなた、ゆっくりおやすみなさい」

いつものように話かけた。

マダムもベッドに横たわる。

すると「きゅうん、きゅうん」と、足もとで鳴き声がした。

ムーンムーンが甘えて出す声だ。しかしそんなはずはない。彼はもう死んで骨になってしまっている。

慌てて飛び起きると、足もとに置いてある小さな箱の上に青白い輪っかのようなものが、ぽわんと浮かんでいる。

それはちょうど小さな箱のサイズに合っており、まるで亡くなったムーンムーンの頭の上に浮かぶ天使の輪のように見えた。

「あなた！」

声をかけたが、

(これが世にいう火の玉というやつかしら)

冷静な気持ちになった。

その天使の輪に向かって「おやすみ」と声をかけるとマダムは眠りについた。

翌朝早くから、ある作品を造りはじめた。

ムーンムーンの彫刻だ。

毎日ずっと一緒にいた彼のことを生涯忘れないために、寝る間も惜しんで作品を造り続けた。

ほどなくして、ムーンムーンの彫刻は完成した。

彫刻が完成すると、その日のうちに近所の友人を家に招いた。

その友人の愛犬は、ムーンムーンとは大の仲良しだった。

扉を開け、部屋に入ってきた友人は、キャビネットの上に置かれたムーンムーンの彫刻を見ると、

「まぁ！　ムーンちゃんが生きかえったのかと思ったわ！」

驚きの声を上げた。

するとその友人の愛犬がムーンムーンの彫刻を発見するなり、嬉しそうに尻尾を振ってキャビネットの方へ向かって行く。

そして、「早く遊ぼうよ」とでも言わんばかりにその彫刻へ擦り寄る。

マダムの造った「ムーンムーン」の彫刻は、人間の目にも動物の目にも本物のよう

に見えたのだった。

この話を聞いて私は「ご自分でも似ていると思われますか」と尋ねると、

「ええ。最高傑作よ！　本物にしか見えないわ。彼そのものよ。彫刻の中にね、彼の骨を埋め込んだのよ。彼が完成したその日、またあのときと同じく頭の上に青い天使の輪が浮かんだのよ。私はあれがリンだと思ったの。それで、そういうことに詳しい人に聞いてみたのだけど、焼いた骨からリンが発生することはないみたいなの。例えば土葬の時代だったら水やさまざまなものと混じって化学反応を起こして発生する可能性はあるかもしれないけれど、やっぱりあれはリンではなくて天使の輪だと思うのよ。ゆうれいとかそういうことは一切信じないけど、あのことだけは今でも不思議な出来事だったと思っているのよ」

話を聞いてくれてありがとう、と言ってマダムは去って行った。

マダムの正体が、世界的に活躍する有名彫刻家だと知ったのはそれからすぐのことだった。

夏休み

渋谷に、ドリンク代を払えば何時間でもゲームができるというカフェバーがあった。

これはその店の常連の幸一さんから聞いた話だ。


幸一さんがまだ小学生のころのこと。夏休みになると静岡県にある祖父母の家で過ごすことが恒例となっており、その夏もおなじだった。

今から二十五年ほど前のことになる。

この日は町内会の盆踊り大会の最終日で、明るい時間から町全体がにぎわっていた。

家の隣は大きな駐車場になっており、そこが会場になっている。

この町に住む多くの人たちがここへ集まって来るのだ。

幸一少年には夏休み期間限定の、この町だけのともだちが何人かいた。

この日はおとなたちもお酒を飲んだりして大騒ぎになっており、こどもたちは自由の身だった。お小遣いもいつも以上にもらえた。

盆踊り会場へ行くと、そこで前の年にも一緒に遊んだタケオ君に声をかけられた。

「今日、夜の一時に小学校の正門前に来いよな」

こどもたちだけで夜の学校を探検するのだという。親には絶対に内緒だと約束した。

深夜一時に外へ出るなどということを考えたらワクワクして、勢いでおばあちゃんにそのことを言ってしまいそうにもなったが、一旦家に帰ると、このことが誰にもばれないように布団の中へ入って真夜中が来るのを待つことにした。

夜八時に盆踊りは終わり、ほどなくして町は静まり返った。

家のおとなたちも十一時を過ぎると眠ったようだ。

幸一少年はこっそりと家を抜け出し、小学校へと向かう。

町にはすっかり人がいなくなっていたが、駐車場や道路にはまだ盆踊りの余韻が残っていた。

暗い道を小学校を目指して歩く。

「おーい」

正門の前で手を振る、ともだちの姿が見えてきた。

男の子が四人とゆかちゃんという女の子がひとり。この五人は同級生で幸一少年と同い年である。

「待ってたぜ。プールに入ろうぜ」

タケオ君がそう言い正門から中へ入って行く。

この小学校は当時、夜でも正門が開いていて、いつでも中へ入ることができた。

幸一少年がここへ足を踏み入れるのは初めてのことだった。

正門を入ると大きな樹があり、その下には二宮金次郎の銅像がある。そこを通り過ぎるとニワトリやウサギのいる飼育小屋になっていた。

「わたし、エサあげる」

ゆかちゃんは近くに生えていた草をむしるとウサギにエサをやっていたが、男の子たちはプールへ向かった。ゆかちゃんも「待って」とすぐにその後を追う。

プールに着くと服を脱ぎ捨て、皆、一斉に水の中に飛び込む。水着は着てきている。準備万端だ。

夏休みなので水もきれいだ。

月が水面に反射してキラキラと光っている。

六人は夢中になって泳ぎはじめた。

おとなのいない深夜のプールでみんな大はしゃぎである。

バシャン、バシャンという水の音とキャーキャー言う金切り声とがプールいっぱいに響き渡っていた。

ところがある瞬間、幸一少年はふと違和感を覚え我にかえった。

大はしゃぎをしているともだちの中で、明らかにひとりだけ様子がおかしな子がいる。

これはふざけているのではない。溺れているようだった。

徐々にほかのともだちもそのことに気がついた。

「ようすけが溺れてる！」

水面であがいている姿を見てタケオ君が叫んだ。

男の子たちは溺れている彼をプールサイドへ引っ張っていくと、水から上がった。

上からようすけ君を引っ張り上げようと思ったのだ。

しかし、力を合わせてようすけ君の腕を引っ張り、体を持ち上げようとするが上がらない。

「無理無理無理！」

「動かない！」

口々に言いながら更に引っ張るが、やはり無理だった。そこで、落ち葉などをかき集めるほうきを持って来ると、それで引き上げることにした。

「これにつかまって！」

ようすけ君はそのほうきにつかまり、ようやく上半身を水面に出すことができた。

「もう少し！　せーの！」

最後の力を振り絞って、ようすけ君の体を引っ張り上げようとしたときだった。

水中にある、ようすけ君の右足に何かが絡まっている。人の腕が、ぎゅっと絡み付いているように見えて「あッ！」と声を出したのと同時に、ようすけ君の体はプールサイドへ引き上げられた。

ほっとしたのもつかの間、プールの中、水面に鼻から上だけを出した女がこちらをじっと見つめているのに気がついた。

「わあ！」

六人は叫び声を上げると一斉にプールサイドを走り、近くのフェンスをよじ登って表の道路に飛び下りた。

「うあー！」

小学校の斜め向かいにある神社まで、休まずにひたすら走り続ける。鳥居をくぐって境内に入ると、乱れた呼吸を整えるため膝に手をあててゼイゼイと息をはいた。

その間、ゆかちゃんが、

「ごめんなさい。ごめんなさい」

泣きながら言っている。

男の子たちは息を整えながら、

「もう大丈夫だよ」

声をかけたがゆかちゃんは、ごめんなさいごめんなさいと続ける。

「ゆかちゃん、だいじょうぶだって」

幸一少年も声をかけた。

するとゆかちゃんは後ろを指さして言う。

「大丈夫じゃない、ごめんなさい」

振り向くと、鳥居の向こう側に全身がびしょ濡れになった着物姿の女性がじっとこちらを見てたたずんでいた。

「うわー!」

一斉に声を上げ、ゆかちゃんの手を引っ張りながら神社の裏側へ回り込んだ。石段に座ると、皆口々に、

「お前、見た?」

「見た見た」

言い合ったが、その間もゆかちゃんはなぜか「ごめんなさい」と言い続けていた。

声が聞こえ立ち上がると、犬を連れて散歩をしているおじいさんがいた。

「なにやってんだ!」

いつの間にかあたりは白みはじめていて、鳥居の向こう側にいた濡れた着物姿の女の姿はなくなっていた。

どの子も両親や学校の先生にこっぴどく怒られたのは記すまでもない。

彼らにとっては、その夏最大の思い出となる体験だったそうだが、あのとき見た女がいったい何だったのかわからないという。

祖父の葬式にて

マサルさんが高校二年生のころ、大好きだった母方の祖父が亡くなった。

享年八十三だったので大往生だろう。悲しくはあったがそんな祖父を心から称えた。

葬儀が終わり、親族一同が客間でお茶を飲んでいたときだった。

マサルさんの母親の一番上の姉が言い出した。

「黙っていようと思ったんだけど、白装束を着せていたとき父さんの目が開いたのよ」

そんなはずはない、と周りはざわめいた。

「あんたも見たの？　私も見たわよ」

二番目の姉が言う。

あれはいったいなんだったんだと、ふたりで声高に言い合っている。

それを聞いていた末娘であるマサルさんの母親は、姉たちの顔を見廻しながら、

「そりゃそうよ。だって姉さんたち、白装束を着せながら父さんの悪口を言っていたじゃない！　父さん怒ったのよ！」

そう言って怒りながら部屋を出て行った——という話だ。

風呂場

藤田さんは高校を卒業後、実家を離れて東京郊外のアパートでひとり暮らしをはじめた。

高校では活発にスポーツをしていたのだが、卒業後は大学へは進学せずにコンビニでバイトをしながら将来進む道を考えるという生活を送っていた。

学生のころとは違って、働いて帰って来るとそのまま疲れて眠ってしまうこともたびたびあった。

ひとり暮らしをはじめてから数週間が経ったころ、不思議な夢を見た。

夢の中で藤田さんは自室にいる。

なんとなく風呂場が気になり、空中を浮かぶようにしてそちらへ向かうと、ひとりの男が風呂場の洗い場の椅子でこちらに背を向けて座っている。

「誰ですか?」

声をかけたところで目が覚めた。

次の日、また同じ夢を見た。やはり風呂場が気になり、空中を移動しながら風呂場へと向かう。

昨日と同じ男が背を向けて座っている。

「誰ですか?」

男がゆっくりと振り向こうとしたところで目を覚ました。

翌日もその翌日もまた同じ夢を見た。

それが七日の間続き、夢の中の男の顔が間もなく見えそうになっていた。

「誰ですか?」

またも同じ質問をする。

その日、男はいきなり振り向くと、藤田さんの左手首を掴んだ。

そして藤田さんの顔を覗きこむ。

男の顔は、緑色に膨れ上がっていた。

「離せ!」

自分の叫び声で藤田さんは目を覚ました。

全身からびっしょりと汗が噴き出ている。

（痛……）

痛みを感じ見ると左手首に痣《あざ》ができていた。

「なんだこれ」

痣はまるで誰かに掴まれたように、指の跡がくっきりと付いていた。

次の日、ひとりで眠ることができず、友人に泊まりに来てもらうことにした。

詳しいことは言わなかったが「ゆうれいを見たかもしれない」とだけ伝えると、友人はゲラゲラ笑って信じていないようだった。

その晩もまた同じ夢を見た。

緑色の顔をした男は、藤田さんの手首を掴んだきり離さなかった。

「離せ！」

また自分の叫び声で目を覚ますと、隣で友人が正座をして震えている。何があったのか聞くと「風呂場に男がいる夢を見た」と答えた。

このアパートは十世帯以上入っているのだが、なぜか藤田さんの部屋だけは格安で借りることができた。

当初は「安くてラッキー」と思っていたが、いよいよ不安になり後日、不動産屋へ行き事情を説明してもらうことにした。

藤田さんが入居するだいぶ前のことだったが、この部屋で若い男性が風呂場で「硫化水素自殺」を図って亡くなっていたのだった。

その後は長いこと空き部屋になっていたそうだ。

すぐにでも引っ越しをしたかったが資金もなく、しばらく住み続けたのだが、ここを出るまでの三ヶ月の間、同じアパート内で「硫化水素自殺」で順番に三人もの住人が立て続けに亡くなった。

あれから十年以上経った今でも、藤田さんの左手首はときどき、思い出したように痛むのだそうだ。

赤い服

青田さんが初めて車を購入したときのこと。

職場で思いを寄せている女性がいたので思いきってドライブに誘うことにした。

ダメもとだったが女性はすんなり了承してくれた。最近彼女が「ダイエットしようと思っているからランニングをはじめようと思うの」と言っていたことを思い出し、ドライブがてらランニングコースを見に行くことにした。

都内にある人気のコースを回りながら、途中食事やお茶などをしていると夜も遅くなってしまった。

最後に、都内で最も人気があると言われている場所に向かった。そのコースに沿って、車で回っていく。

「やっぱりここかな。ほかにもたくさん人がいるし。私、頑張れる気がする！」

彼女は大喜びしていた。

「よかった。俺も一緒にマラソンやろうかな」

青田さんがそう言うと助手席の彼女は突然黙ってしまった。

「え？　あ、だめ？　だめか。俺、ジャマだよね？」

慌てておどけた風に言ってみるが、彼女は何も答えない。

「ど、どうしたの？」

「ねぇ——青田君。あれ、なに？」

おもむろに彼女が言う。

「あれって？」

「あれよ」

彼女の指の先を見ると、反対車線を真っ赤な服を着た女が走っている。

言われるまで、青田さんは女に気がつかなかった。

車道のすぐ脇にマラソンコースがあるのに、女はそこではなく車道のど真ん中をブンブンと腕を振りながら走っていた。

「なんなのあの人。気持ち悪くない？」

青田さんは女にぶつからぬよう車のスピードをゆるめた。しかし、すぐ近くまで来てゾッとした。女はそこからまったく進んでいない。

「ねぇ。あの人、前に進んでないよ」

「え？　どういうこと？　ずっと同じ場所で走ってる？」

なぜそれがわかったのかというと、コースの内側に一本の太い樹木があり、この樹木の前にいる女の位置が変わらないのだ。

「やだ！　怖い！」

すれ違うときに青田さんは横目で見ると、女はただ前方一点を見つめていた。

「やばいな。見ない方がいいよ」

次の瞬間、車の後方からボン、と衝撃を受けた。

「やばい。当てられたかも！」

青田さんは車を停めたが、後ろには後続車はない。とにかく確認しようと青田さんが車を降りると、彼女も一緒に降りてきた。

すると突如、彼女が「キャッ」と悲鳴を上げた。

「どうしたの？」

「青田君！　さっきの女の人、そこで首吊ってる」

ところが彼女の指さす樹木を見たが女の姿はなく、枝に赤い布だけがぶら下がっていた。

「見間違いじゃないの？」

「違う。確かにあの女の人が首吊ってたの！」

彼女はそう言い泣き出してしまった。


数日後、青田さんはふたたび彼女をドライブに誘った。この間のことでなんとなく話しづらくなっていたので、気分転換にと海へ行くことにした。

海に到着し、彼女が荷物を取り出そうと車のトランクを開けたときだった。

彼女が悲鳴を上げた。

「どうしたの？」

青田さんがトランクを覗き込むと、そこには、あの晩見たのと同じ真っ赤な破れた布が入っていた。

その日以来、彼女とは話をしなくなってしまったという。

わらうおじいさん

父親が転勤族だった山本さんは、もの心がついたころからたびたび引っ越しを繰り返していた。

小学校一年生のとき、大阪から九州の大分への引っ越しが決まり、両親と三人でとあるアパートに住むことになった。

山本さん一家の部屋は二階の角部屋で、周囲は田んぼが広がるのどかな場所だった。

越してきて二週間ほど経った日のこと。

小学校から帰宅すると、ともだちと遊びに行く約束をしていたので自室に背負っていたランドセルを放り入れた。そのまま部屋を出ようとしたのだが、どこからか視線を感じ立ち止まった。

見ると自室の天井から何かが、すーっと落ちてきて、カーテンの花柄の模様に重なるようにウネウネと動いている。

「えっ？　なに？」

気になって見ていると、その花柄の模様はだんだんと白髪頭のおじいさんの顔に変化していった。

何が起こっているのかわからず、ただ呆然とそのカーテンのおじいさんを見つめる。するとそのおじいさんは嬉しそうにこちらを見て、ニタァッと笑いかけてきた。

「うわぁー！」

大声で叫ぶと家を飛び出し、ともだちの待っている公園へ走って行ったが、この日は上の空でまったく遊びに集中ができなかった。

日が落ち、ともだちがそれぞれ家に帰って行くなか、山本さんは一番最後に帰宅した。

家のカーテンの中に、まだあのおじいさんがいるのではないかと思うと怖くてたまらなかったからだ。

家に帰って自室をおそるおそる覗いてみると、カーテンはいつもの花柄に戻っていた。

夕食のときに、両親に夕方見たことを話す。

するとと母親がこんなことを言った。

「なに、こわい話？　でもそういえば、ここへ引っ越して来たときに上の階の吉田さんへご挨拶に行ったらね、奥さんが変なことを言うのよ。吉田さんがここへ越して来たとき、お子さんが『この部屋、知らないおじいさんとおばあさんがいるけど一緒に住むの？』って言ったんだって。それ、ちょうどあんたの部屋の真上みたいよ。なんちゃって」

母親は笑っていたが、山本さんは恐ろしくて何も言えなかった。


あとからわかったことだが、上の階では以前、老夫婦が生活に困窮し餓死していたところを発見されたのだそうだ。

間もなくして山本さん一家はふたたび転勤となり、そのカーテンのおじいさんの姿もそれきり見ることはなかったという。

ダイバー

佐竹さんは、ドラマや映画などの現場で撮影監督を務め、また水中カメラマンとしても活躍している。

もともとダイビングのインストラクターだったそうだ。

今から二十年ほど前。

佐竹さんはダイビングのインストラクターの仕事で伊豆にいた。

伊豆の土肥金山の近くに絶好のダイビングスポットがあり、その日はそこへ六人の友人を案内することになっていた。

ほかには誰もダイビングに来ている人はいなかった。

ダイビングスポットは土肥金山から南へ下り、「K岬」と呼ばれるあたりにある。

佐竹さんと六人はウェットスーツと必要器材を身に着けると潜水した。

このあたりには漁礁が沈めてあり、そこで記念写真を撮影することができる。

水深十メートルくらいまで来ただろうか。漁礁のポイントが見えてきた。

色とりどりの魚たちが泳いでいる。魚たちは人慣れしており、まったく警戒することなくまわりへ集まってきた。

水中ではもちろん会話はできないので、佐竹さんはあらかじめ教えていたサインで意思疎通をはかる。写真撮影をするために、友人たちに集まるよう指示した。

そのとき、疑問を感じた。

(多い……)

このエリアにいるのは佐竹さんのほか六人の友人だけのはずだ。

しかし漁礁の向こうを六人とは別なふたり組がゆっくりと泳いでいく。泳いでいるというよりも真横にすべるように移動している。

(なんだ、あのふたりは?)

佐竹さんは不思議と胸騒ぎがしたが、記念写真を撮り終えるといつの間にかそのふたりの姿は消えていた。

陸に上がってからもあのふたり組のことが気にかかる。

友人たちに、

「なぁ、水中でふたり組、見なかったか？」

思いきって聞いてみると、皆そろって「見た」という。

それならば実在の人間かと様子を見ていたが、陸に上がってくる気配もない。やはりそんなふたり組は存在していなかった。

その後、友人たちを連れてホテルへ戻る途中、道端で突然ひとりの老人に呼び止められた。

「あんた、視ただろ」

突然のことに驚いた佐竹さんは「何が？」と、ぶっきらぼうに答えた。

「あれはな、しょっちゅう現れるわけでないし、誰にでも視えるわけでもない。たまたま会っちゃっただけだろうから気にしなさんな」

そう言って、うっすらと笑いながら去って行ったそうだ。

浴衣の少女

翔太さんが中学二年生のときのできごとだ。

このころ相当なヤンチャをしていた彼は、仲間とつるんでは真夜中に遊んでいた。

自宅の近所に秘密基地のようにいりびたっている廃屋があり、そこに集まっては酒を飲んだりタバコを吸ったりするという不良っぷりだった。

明け方ちかくまで遊んで学校へ行かないこともたびたびあった。

ある冬の夜。仲間から連絡があり家をぬけだすと廃屋へと向かう。

よく晴れて月も出ていた。

廃屋に着くとすでに仲間の全員が揃っていた。

「おせーぞ、翔太!」

「悪《わり》ぃ」

「お前、酒おごれよ」

老け顔の翔太さんはいつも酒を買うのを任されていた。

もちろん未成年が飲酒をすることはご法度なのだが、当時はまだ規制がゆるい部分も多かった。

廃屋の裏手にある公園を抜ければ、最短ルートでコンビニへ行くことができる。

皆で連れだってコンビニへ向かった。

階段をかけ上がって木に囲まれた公園内へ入っていく。

敷地に入ったところの左側には公民館があり、出入り口の蛍光灯が消えかかってチカチカと光っていた。

学校のグラウンドほどの広さの公園は、日中はたくさんのこどもたちであふれているが、さすがに真夜中ともなると静まりかえっていた。

その静寂をかき消すように、大声を立てながら公園の真ん中を横切るように歩いていると、

（あれッ？）

視界に何かが飛び込んできたので、翔太さんは足を止めた。

振り向くと、公園入り口の外灯の下に小さな女の子がひとり、ぽつんと立っている。浴衣姿で、右の手に何かをぶら下げているが、どうやら金魚の入ったビニール袋のようだ。

(あんなところでなにやってるんだ?)

まわりには誰もいないようだ。ただ、ぽつんとひとりでいるのだが、この少女を見てゾッとした。

少女はまっすぐ立ちながら目をかたく閉じている。

それに今は真冬で、なぜあんな夏祭りの恰好をしているのかがわからない。

(気持ち悪……)

「おい翔太、なにやってんだよ。早く来いよ」

仲間のひとりである武志さんに呼ばれ、反対側の出口付近にいる皆に駆け足で追いつくと、

「なぁ、あそこにこどもがいるっぽいけど警察とかに言わなくて良いのかな」

「は? そんなことしたら俺らの方が補導されてまずいっしょ」

武志さんはゲラゲラと笑った。

はやく行くぞと言われたが、やはりどうしても気になり振り向くと、先ほど入り口の外灯の下にいた少女がいつの間にか公園の中央に立ち、目を閉じたままこちらを向いて立っていた。

「なあ、武志、武志！　女の子こっち来てる！」

驚いて、公園を出ようとしていた武志さんを呼びとめたのだが「は？　お前なに言ってんだよ。キモッ」と言い捨て、前を行くほかの仲間のところへ走って行った。

その姿を見ながらふと気配を感じ振り向くと、先ほど公園の中央に立っていた少女は翔太さんの真後ろに立っていた。

少女は首を真横に曲げ、ゆっくりと目を開けると何かを探すようにキョロキョロとその目玉を動かした。

そして狙いを定めたように、翔太さんの肩越しに一点を見つめる。

翔太さんは声も出すこともできなければ身動きすらできず、少女の目線の先に顔を向けた。

そこには武志さんがいた。ふたたび少女を見ると、その目の中に、チラチラと赤い何かが揺れ動いているように見えた。

「うわあッ！」

翔太さんは声を上げると走って彼らに合流し、そのことを話したが皆笑って聞かなかった。


次の日の夜。武志さんの家が火事になったとの知らせが入った。

駆けつけたころには、すでに家から黒煙があがり大騒ぎになっていた。

幸い家族全員が助かったものの家は全焼した。

後になって出火の原因を聞くと、武志さんが学校から持ち帰ってきたテスト用紙の真ん中からなぜか突然火が出て、それが次々に家中に燃え移っていったという。

「火種なんてどこにもなかったのに」と武志さんは首をかしげていたそうだ。

武志さんの家からの帰り道、翔太さんはふと昨日のことを思い出していた。

あの公園にいた少女のことを。

ひどく違和感があった。

真冬に浴衣姿で金魚の入った袋を下げ――そういえば左手にも何かを持っていた。

それがマッチであったことを思い出した翔太さんは、それきり夜遊びをやめたそうだ。

桜の樹

小学校の教師をしていた中村さんが今から四十年ほど前に体験した話だ。

春先の終業式を前に、学校まわりの樹の枝や葉を剪定《せんてい》することになっていた。

三月あたまの日曜日、全教師にＰＴＡの父兄が集まっての共同作業だ。

脚立とノコギリを使い、次々に枝ばらいをしていく。

ふだんなかなかふれ合う機会のない父兄たちとの交流も楽しく、あっという間に時間は過ぎていった。

「みなさまお疲れさまでした。また来年も同じ時期に開催をしますのでよろしくお願いします」

校長先生も満足気だった。

中村さんはこの日、最後の確認を任されており、残っていた道具の後片付けをしながらひとりで校庭を見回っていた。

裏門横の倉庫にすべての道具をしまい、鍵を閉めようとしたときだった。

一本の桜の樹が目にとまった。

正門周辺の剪定がメインだったので、このあたりはしていない。

中村さんは、なぜか衝動的にその桜の樹も剪定したいという気持ちになって、片付けたばかりのノコギリをふたたび持ってきた。

そして、桜の樹の幹にのこぎりをあてがうと、勢いよく挽きはじめた。

なぜか枝ではなく、幹を挽く。

樹は直径十五センチほどで、まだ若い。すぐに切れるはずだ。

しかし、いくら挽いても木に刃が入っていかない。

力を込めてもゆるめてみても、だめだった。

そのうちにだんだんと躍起になり、ノコギリを握る手に更に力が入っていった。

すると、そのノコギリの動きに重なるように、桜の樹の内から「ギャー、ギャー、ギャー」という音が聞こえはじめた。

こすれて軋《きし》む音なのだろうが、その音が中村さんの癪《しゃく》に障《さわ》った。

(なんでこんな樹が切れない。しかもさっきから『ギャーギャー』人間の悲鳴みたいにうるせえな)

思わず力が入りすぎたその瞬間、手からのこぎりが離れ、バランスを崩し地面に勢いよくひっくり返った。

腰を強く打ちつけた痛みのせいで、まったく身動きがとれなかった。

地べたにあお向けで呻いていると、たまたま通りかかった同僚が駆けつけてくれてそのまま病院へ運ばれることとなった。

幸い骨や神経にも異常はないということだったが、痛みはひどいものだった。

ひとりで立って歩くことすらできない。

しばらくは安静にするよう医師から伝えられ、迎えに来た妻の洋子さんに支えられながら帰宅した。

自宅へ戻ると、奥さんは和室に布団を敷いてくれた。

「起きるのも大変でしょうから、食事もここでなさってください。寒いですからこたつにしましょう」

と足もとの布団の上にこたつを組み、腰がよくなるまではここで寝起きをすることとなった。

身体が不自由になってみると、退屈だった。

もちろんこの時代にはスマホなどなく、テレビのリモコンすらない。本を読むか、寝ているかで毎日が過ぎていった。

そんなある晩、ふと目を覚ました。

奥さんは隣の寝室で眠っている。

(今何時だろう?)

手元の時計を探すが、そのとき妙な気配を感じた。

闇の中、足もとからなにやら音が聞こえてくる。

(なんだ?)

目を凝らしよく見てみると、こたつ布団の裾から細い枝のようなものが出てくる。

いや、枝のように痩せた人の手だった。

その手は、土気色とも灰色ともつかない色合いをしていて、肌にボツボツとまだらな斑点が浮き出ている。

それが左右から伸びてきた。その手は、呆然とした中村さんの首をつかむとグッと締めはじめた。

――不審者がいる。殺される。

我に返った中村さんは必死で抵抗し、その手を払おうとした。思わず腰に力が入り激痛が走る。もがきながら、隣の寝室にいる妻の名を呼んだ。

「洋子！　洋子！」

すると寝室の戸が開く音とともに、廊下を歩く妻の足音が聞こえてきた。

その足音が聞こえてきた瞬間に、首に絡み付いていた手の力がフッと抜け、まるで逆再生のように引っ込んでいく。

「あなた、いったいどうしちゃったんですか」

襖が開き、洋子さんが中へ入ってきたと同時に、手もこたつの中へ消えていった。

「どうしたもこうしたもない。部屋の中に誰かいる。早く電気を点けてくれ」

慌てて洋子さんは電気を点け、明るくなった部屋の中を見回したが誰もいなかった。

窓もしっかりと閉まっている。

「あなたお疲れなんですよ。悪い夢でも見たのでしょうね。こたつの温度下げておきますね」

そう言うと洋子さんは寝室へ戻っていった。

あの手の感触はどうしても夢とは思えなかったが、腰の痛みもありその日は灯りを点けたたまま眠りについた。

それから数日が経ち、また真夜中に突然目を覚ました。

誰かが布団の中で自分の足を触っている。

身動きのできない自分の寝相を妻が直してくれているのかと思ったが、妙な違和感があった。

足を持ち寝相を直しているのではなく、真上から押さえつけているようだった。

その手が、足先からだんだんと上に上がってくる。

足の甲を触っていたのが、すねを触り、膝を触り、太ももとだんだん上がってきた。

寝ている自分に対し妻がふざけているのかと、

「洋子、こんな夜中にふざけるのはやめなさい」

声をかける。

しかしその手の動きは止まらない。

腹、胸とだんだん上がってくる。

やがて目の前のこたつ布団がだんだんと盛り上がっていく。

そして、その布団がズルっとめくれると、中からざんばら髪の女が、中村さんの寝巻きを引っ掴みながら這い上がってきた。

荒縄を解いたようなその髪は額にかかり、顔は見えない。

「うわあっ！」と悲鳴を上げ、その頭を上からグッと押さえた。

すると、まるで濡れた枯れ草に手を突っ込んだような感触がした。

思わず手を引っ込めたくなったが、手を離せば女は上ってくる。とても離せる状況ではなかった。

中村さんは女の頭を押さえたまま「洋子、洋子、早く来てくれ。ここに誰かいる！」と叫んだが、洋子さんは寝入っているのかなかなか起きてこない。

そのうちに、頭を押さえられていた女が、まるでいやいやをするかのように頭を動かしはじめた。

この様子を見て、もしこの髪の間から女の顔が見えて目が合いでもしたら思うと気を失うほどの恐怖だったが、女を視界に入れないよう頭を押さえながら洋子さんを呼び続けた。

その剣幕に、ようやく寝室の戸が開く音に続き廊下を歩く妻の足音が聞こえてきた。

（ようやく起きてくれた）

安心した瞬間、女は逆再生をするように、出てきたこたつの中へ戻りはじめた。

その様子を見ると、先ほどの恐怖感は薄れてだんだんと怒りがこみ上げてきた。

（この女、逃げるつもりか。逃がしてたまるか）

頭を押さえていた手にもう一度力を入れ直し、女の髪をグッと引っ張った。

髪は荒縄のように硬かったが指の間からするするとすりぬけていく。

それでも逃がすまいとして、いく束かの髪を掴もうと手に力を入れ、引き抜いた。

それと同時に洋子さんが部屋に入ってきた。

「あなた。こんな夜中にどうしちゃったんですか」

「どうしたもこうしたもない。こたつの中に誰かいる。早く電気を点けてくれ」

慌てて洋子さんが電気を点け、明るくなった部屋の中を見回したが、女の姿などどこにもないし、こたつの中にもなにもない。

しかし女の姿自体はなかったが、ふと右手を見ると、先ほど引き抜いた荒縄のような硬い髪が絡みついていた。

「これだ、見ろ。やはり女がいる」

そう言って髪を差し出そうとした瞬間、その髪はまるで蛇のように手からすり抜けて、こたつの闇の中へ消えていった。

その後、部屋中を探し、こたつも上げてみたのだが、誰もいなかった。

——夢ではない。自分のまわりでなにかおかしなことが起きている。

やがて腰の具合もよくなり、職場に復帰することになったのだが、あのとき体験した不思議なできごとのことが気になり友人にそのことを相談した。

桜の樹を切ろうとしたこと。それにより転倒したこと。寝たきりの生活を送っていたこと。療養中に起きたさまざまなできごとをすべて話した。

それを聞いていた友人は静かに言った。

「お前は本当にばかなことをしたな。むかしから桜の樹というのは切ると祟りがあると言われているんだぞ。お前はその桜にそんな無茶なことをしたんだから、怨まれたに違いない。すぐに謝りに行ってこい」

中村さんは慌てて桜の樹のある場所へ行き頭を下げ、心から詫びた。

ふと見ると、桜の樹の樹皮は土気色ともねずみ色ともつかぬ、なんともいえない色をしており――あのとき見た長い手にそっくりであった。

その木のまわりには、黒い髪のような草がまだらに生えていたという。

因果応報

ナオキさんがまだ二十代前半のころだから、今から二十年ほど前のこと。

東京の自宅から母親の実家のある茨城県まで、夕方から車で遊びに行くことにした。遊びに行くといっても心霊スポット巡りだ。茨城県には多くの心霊スポットがあることで有名だったので、近所に住む従兄と一緒に勢いで行くことを決めたのだ。

ナオキさんの車で行くことにしたのだが、そのことを聞きつけたナオキさんの妹のりえさんも一緒に行くと言い出したので、結局三人で行くことになった。

二時間ほど運転して茨城県内に入ると、霊が出るという噂の場所を何ヶ所か巡って行った。しかし、それらしいことは何も起こらない。

夜も深くなり、だんだんとテンションも下がってきた。山道を走りながら、もう東京へ戻ろうということになったときだった。

ナオキさんは山道の途中でふと気になり、車を脇に寄せると停めた。

「ここらへんに心霊スポットがあったっけ？」

そう言いながら車を降りると、従兄もりえさんも「知らないよ」と言いながら車を降りた。

暗闇深い山の中である。小さな外灯があるだけで、他に車も一台も通らない。ナオキさんは懐中電灯を点けて周囲を見回した。

目の前には粗末な石段がある。ナオキさんはまるで招かれるようにその石段を上りはじめると、従兄もついてきた。りえさんもそれに続く。

周りには木々が生い茂っていて、やっと心霊スポットらしい雰囲気になってきたと三人は声を上げた。

階段を上りきると突然開けて、平らな広場のような所に出た。

ただ、あたりは真っ暗で何も見えない。

一番後ろにいたりえさんが「この場所、知っているような気がする」とつぶやいた。

ナオキさんと従兄は広場に出ると急にテンションが上がり、りえさんを置いて奥へと走り出した。

「ハハハ！　なんだここ！　もっと奥の方まで行ってみようぜ」

「ああ、やっちゃえ、やっちゃえ」

わけのわからないテンションでふたりは広場を駆け回り、興奮状態に陥っている。

広場の突き当たり付近まで来たときだった。

突然、大勢の人がざわめきあうような気配を感じ、ナオキさんは足を止めた。

（なんだ？）振り向こうとすると遠くから、

「だめ！　お兄ちゃん、見ちゃだめ！」

りえさんの叫び声が聞こえた。

「え？　何？　どうした？」

振り返り、一歩踏み出そうとしたが、

「来ちゃだめ！」

絶叫とともに、妹はその場に倒れ込んだ。

そのとき一帯に、何百体もの首なし地蔵が闇の中から浮かび上がってきた。おびただしい数の首なし地蔵は、広場を取り囲むように蠢《うごめ》いている。

ナオキさんと従兄は慌てて地蔵の間を抜けて、りえさんの元へ駆け寄った。その体を担ぎ上げると石段を駆け下り、車に飛び乗ると急発進させその場を後にした。

明け方、自宅にたどり着くころにはりえさんもようやく落ち着いた。従兄も自分の家に帰ると言って別れた。

しかし、従兄はそのまま家に戻らなかったようで、その日の夜、事故で大破した車の中で顔中に割れたガラスが突き刺さった状態の遺体で発見された。

それから数日後、今度はナオキさんがバイク事故に遭った。側頭部に大きな怪我を負い数週間昏睡状態に陥ったが、幸いにも意識は取り戻した。


このことについてナオキさんの父方の祖母は、

「うちに色んなことがあるのはあの女が持ち込んだ因縁のせいだ。あの女のせいでうちはバラバラになっちまったんだよ」

そう言ってナオキさんの母親のことを責め続けていた。

確かに彼の家系は、体が弱かったり若いうちに亡くなったりした者や、事故に遭う者が非常に多いという。ナオキさんの姉も小学校にあがる前に亡くなり、従兄の姉は生まれたときから寝たきりの生活を送っているという。

「ばあちゃんが、なんでうちの母親を責めるのかと思って、後に俺も調べてみたらとんでもないことがわかったんだ」

ナオキさんによると、ある資料にこんな伝承があったという。

江戸時代に水戸藩が茨城県を治めていたころ。

とある村に、役人が年貢の取り立てに来た。

農民たちは必死で米をかき集め差し出したのだが、それからほんの数日後、この前とは違う役人がふたりやって来てまたも「年貢を納めよ」と言う。

「この間お納めしたではありませんか。これ以上、出せるものはありません」

そう農民たちは懇願したが、役人たちは「もらっていない」の一点張りだった。

押し問答が続き、農民たちははたと気がついた。

「きっとこいつらは偽の役人に違いない。役人に成りすました盗人だ」

そうして農民たちは鍬や鉈を持って襲いかかり、役人たちを惨殺した。そしてふたりの遺体を俵に包み水戸城下まで届けた。

ところが実は、最初に来た役人の方がニセモノであったことがわかった。つまり後から来た農民たちが惨殺したふたりが本物の役人だったのだ。

慶長十四年十月。

激怒した水戸藩はその集落に数百人の兵を差し向けると、秋の刈り入れで賑わっていた三百名ちかくの農民たちを虐殺。

一村皆殺しという処分にした。

生き残った者は隣村に逃げ込んだわずか数名のみという惨状だった。

この虐殺の指揮をとったのがナオキさんの父方の先祖で、虐殺された農民側の生き残りの子孫が、ナオキさんの母方の一族だったという。

「うちの親父の先祖が江戸時代にお袋の先祖を滅亡させていたんだよ。で、俺たちがあの日たまたま行った場所がその虐殺の現場だったらしい。やばいよね。親父の血が入ってる俺たちが、滅亡させた敵方の土地に知らないまま入りこんでいたんだから」

親父とお袋が結婚したのも何かの因縁だよ。ただの伝承かもしれないが、きっと因縁で呪われているんだ。

ナオキさんは、不自然に凹んでいるこめかみの辺りを擦りながら言った。

常連客

敦子さんが母親から聞いた話だ。

彼女の母親である正美さんは今から二十年ほど前に、東京の下町で小料理屋を経営していた。

その店に、原田さんという七十代の女性客が毎日ひとりで通ってくるようになった。上品で身だしなみも良い。常に高級そうなアクセサリーやバッグを身につけている。ある運送会社の社長の未亡人だったという。

店に来はじめた当初は、かるく一杯飲んで帰宅していたが、だんだんと深酒をするようになり、そのうちに毎回泥酔状態になっていった。そして口癖のように「淋しい」とつぶやくのだそうだ。

原田さんがここへ通うようになって三ヶ月ほど経ったころ、正美さんはその理由を知ることになる。

彼女のご主人は数年前に、海外旅行先で強盗に遭い殺されてしまったということだった。

当時その国ではピンポン強盗という外国人を狙った事件が多発しており、彼女のご主人もそのターゲットになってしまったという。発見されたときには椅子に縛られ、すでに殴り殺されていた。そのうえ愛人と一緒だったらしい。

「悲しくて淋しくてどうしようもないの」

原田さんは酔うといつもそう言っていた。

そのうちに泥酔しては店で眠ってしまうことが増え、閉店してもなかなか帰らないようになった。正美さんは片付けを終えると、家まで彼女を車で送ることもあった。

あるとき、いつも以上に酔っていた原田さんを自宅まで送ったのだが、このときは車から降りることもできないほど酩酊していた。正美さんは車を降りると原田さんを支えながら玄関先まで連れていくことにした。

門を開けると広い庭があり、玄関までは十数メートルほどある。一人息子は結婚し地方へ移り住んでいるため原田さんはこの広い屋敷でたったひとりで住んでいると聞いていた。

正美さんは彼女に肩を貸したが、フラフラで歩くこともできない。「淋しいのよ、わたし」とつぶやきその場にへたってしまう。

「だめよ、起きて。もうすぐだから」

そう呼びかけたときだった。どこからか手が伸びてきて原田さんの体をしっかりと支えた。そこには初老の男性がいて、にっこりと微笑んでいる。

「助かります。ありがとうございます」

正美さんはホッとしてその男性と一緒に玄関へ向かった。そして原田さんを家の中に入れドアを閉め、鍵が閉まったのを確認すると車に乗りこんだ。

そのときふと思った。

（あのひと、誰？）

一緒に支えてくれたことは覚えている。家の中へも入ったと思っていたが、途中からその男性の姿はなかったように思う。言葉もひと言も発していなかった。

ただ唯一記憶に残っていたのが、男性の髪型だった。特徴があり、はっきりと覚えていた。

　後日、いつものように泥酔した彼女がおもむろにご主人の写真を見せてくれたのだが、そこで正美さんは、あのとき助けてくれたのは亡くなったご主人だったのだと気がついた。

「見て。うちのパパね、不自然なカツラ頭だったのよ。あはは。変な頭でしょう?」

　原田さんはそう言って泣いていたが、ご主人は亡くなった今もつぐなうように彼女をそばで見守っているんだろうと正美さんは思ったそうだ。

八〇二号室

小学生のころのこと。智子さんは秋の遠足でキャンプ場へ行くことになった。

バスに乗って現地へ向かい、途中からは森の中の道をハイキングしながらキャンプ場を目指した。

「どんなところだろうね？」

「トランプやろうね」

ともだちとお泊りができることが楽しくて、智子さんはいつも以上におしゃべりになっていた。

しばらく行くと、前を歩いていた男子が「なんだこれ」と騒ぎはじめた。

智子さんも小走りで駆けつけると、道から外れたところに古い卒塔婆《そとば》がいくつも立っているのが見える。そのあたりだけ妙に薄暗く、不気味な雰囲気がした。

「わぁッ」と、ひとりの男子が叫んだのをきっかけに、皆が一斉にその場を後に走り出した。怖いと楽しいは紙一重などというが、智子さんもこのとき皆と騒ぐことが楽しくて、走っているうちに卒塔婆の存在などすぐに忘れた。

キャンプ場に到着するとすぐにバーベキューの準備に取りかかり、仲間と食事をした。その後、班ごとに分かれてバンガローに泊まることになり、智子さんは八〇二号室に割り振られた。

バンガローに入りそれぞれの布団にもぐり込むと、一日の疲れで皆すぐに眠ってしまったのだが、智子さんはなかなか寝付くことができなかった。

今日は親もいなければテレビもない。起きているのは自分だけ。

静まりかえった森の中のバンガローにいることが心細くなってきた。

しばらくの間は布団の中で耐えていたが、どうしても眠ることができない。隣を見ると、寝ていると思っていた明日香ちゃんも目を覚ましていた。

明日香ちゃんも実は眠れない、と小声で言う。

頭上には大きな開放的な窓があり、そこから月の光が差し込んでいて部屋はぼんやり明るくなっていた。

ふたりは起き出して、そっとおしゃべりをはじめた。

「今日楽しかったね」

「うん。明日帰るのいやだね」

間もなくすると、窓ガラスに「コン」と何かが当たる音がして、ふたりはおしゃべりをやめた。

「なんだろうね？」

耳を澄ませているとまた音がする。

ふたりは布団から出て窓に近寄り外を見てみるが、暗い森があるばかりだ。

「誰もいないね」

「うん。なんだろうね？」

すると今度は枯葉を踏むような音が聞こえてきた。

「やっぱり誰かいるよね」

「うん。歩いてる音がする」

「ねえあれ、人じゃない？」

明日香ちゃんが指さした方に目を凝らすと、確かに森の奥に誰か立っている。

女の人で、こちらに向かって来ている。見ている間に女の人は彼女たちのバンガローの窓のすぐそばまでやって来た。

顔は暗くてよく見えないが、素足が白く浮き出て見えて、

「裸足だよ、あの人」

と明日香ちゃんが言っているのを聞いて、智子さんもうなずいた。

女の人が立ち止まったところには、石の土管のようなものがあった。女の人はそれを真上から覗きこんでいる。

「あの人、なにやってるんだろう?」

智子さんがつぶやくと、女の人が突然こちらを向いた。

ふたりとも咄嗟のことに動くことができなかった。やがて、女の人は土管のそばで屈みこむと何かを拾ったようなそぶりをし、体を起こすと勢いよくこちらに向かって走り出した。

気が付くと、ふたりは窓辺の床に突っ伏して眠っていた。他のこどもたちに心配されたものの、ふたりの記憶は途中からあいまいで、うまく説明できなかった。

朝ご飯のときに、先生に「あの窓の外にある土管みたいなものはなんですか?」と聞くと、「古い井戸で今は枯れて使われていない。蓋をしているけれど危ないから近づかないで」と言われた。

あとから知ることになるのだが、このキャンプ場は自殺の名所なのだという。女性の霊の目撃談も多く、今ではほとんど人が寄り付かないそうだ。

この話を聞かせてもらった当時、バンガローはまだ営業をしていたようだが、八〇二号室だけはなぜか封鎖され使用されていなかったという。

式神

陰陽師が操る鬼神といわれている「式神《しきがみ》」というものをご存じだろうか。

例えば葉っぱや人形《ひとがた》にくり抜いた紙などに術をかけ、人や動物あるいは妖怪に姿を変えて操るのである。この式神を使って対象者を呪い殺すことも可能だったと言われている。

二〇一八年八月某日。地方での怪談イベントを終え、同じく怪談師である城谷《しろたに》歩《わたる》氏とともに東京へ帰る新幹線に乗車していたときのことだった。

席を外していた城谷さんが携帯電話をにぎりしめながら神妙な面持ちで戻ってきた。

なにかあったのかと聞くと、

「お客様から、今しがたとんでもない体験をされたと連絡があったんです」

とのことだった。

体験をされたのは個人経営の会社を営む三十代の晴美さんという女性だ。

その日晴美さんは、いつもと同じように自宅の仕事場でパソコンに向かって仕事をしていた。

きりの良いところで終わりにしようとノートパソコンを閉じると、部屋の中は真っ暗になっていた。

相当集中していたのか夜になっていたことに気がついていなかった。

ところが壁掛けの時計を見ると時刻は十五時二十分。真夏の夕方、こんなに暗いはずはない。

(電波時計も壊れることがあるのかしら)

立ち上がり壁の電気のスイッチを押す。ところが点かない。別のスイッチを押しても点かなかった。

カーテンの隙間から外を見ると真っ暗だ。外灯もご近所の家にも灯りは点いていない。

（なんだろう？　停電？）

　仕方なく携帯の灯りを頼りに飼い猫のナナを呼んだ。

「ナナ、ご飯だよ」

　いつもならすぐに晴美さんに駆け寄ってくるはずだが返事はなく、部屋は静まり返っていた。

　二階にいる可能性もあるので手探りで階段へと向かう。手すりにつかまりながら半分あたりまで上ったときだった。

　トトトと小さな足音が後ろからついてくるのが聞こえた。

「やっぱり一階にいたの？」と声をかけ振り向いたが、そこにナナの姿はなかった。確かに足音は聞こえていたはずなのにである。

　腑に落ちなかったが階段を上り寝室へ行くとベッドの上にナナはいた。ぐっすり眠っているようだ。

「ここにいたの？」

　そう言ってナナに触れたがまったく反応をしない。撫でても揺さぶっても何の反応もない。呼吸はしているが深い眠りに落ちたような状態だ。

不安を感じて晴美さんはナナを抱き上げたが、人形のように力なくぶら下がっていた。

意識がない！　病気かもしれない、そう思った。晴美さんはナナを抱きながら携帯でまずはご主人に連絡をしようとしたが、なぜか携帯が起動しない。

すぐに病院へ連れて行かねばならない。どうしようかと悩んでいたそのときだった。一階からインターホンの音が聞こえてきた。お客さんが来たのだと思ったが、瞬時におかしなことに気がつく。電気は通じていないはずである。インターホンが鳴るはずはない。

このとき初めて今自分は何か奇妙なことに巻き込まれているのではないかと感じた。今までは単なる停電で、ナナは具合が悪いと思っていたが、なんとなく嫌な予感がした。

インターホンは続いて鳴る。しばらくの間はじっとしていたが、このままここにいても埒が明かない。

晴美さんはナナを抱えながら慎重に階段を下りた。

またインターホンが鳴る。

「——どちらさまですか」

返事はない。そしてすぐにまたインターホンが鳴った。おそるおそるモニターを見るが外には誰もいない。しかし誰もいないはずの外からまたインターホンは押された。

もう一度モニターを確認してみたときだった。画面の左端あたりに白い髪の毛のようなものが映っている。それがゆっくりと頭を上げようとしていることに気がついた晴美さんは反射的にのけぞり、その勢いでしりもちをついた。

そしてリビングの奥の履き出しの窓に目がいく。カーテンが少し開いており、やはり外は真っ暗だ。

またインターホンが鳴る。

しかし、なぜか玄関ではなく窓が気になる。立ち上がるとカーテンを開けた。

真っ白な長い髪の見知らぬ老婆が窓にはり付いていて、晴美さんを見つめていた。

「きゃあああッ！」

悲鳴を上げリビングの中央へ逃げた。振り返ると老婆の姿は消えていた。

すると今度はドアをノックする音が聞こえてくる。インターホンではなく誰かがノックをしている。もう一度ご主人に連絡を試みたが、つながらなかった。

ぐったりとしたナナを抱きながら晴美さんは床に座って震えていた。

ノックは鳴り続ける。

しばらくすると音がやんだ。あたりは静寂に包まれた。もう一度携帯を取り出すと、晴美さんは、なぜか城谷さんにならつながるのではないかと感じ連絡をした。すると先ほどまでは動かなかった携帯が動き出したという。

連絡を受けた城谷さんは、玄関の外に何かある可能性があることを伝え、晴美さんは扉を開けてみた。そこには誰もいなかったが真っ白な人形が置いてあった。

驚いて扉を閉める。少し時間をあけてもう一度扉を開けると、先ほどあった人形はなくなっており、その代わり手でちぎられたような人形《ひとがた》の紙が落ちていた。

思いきり握り締めたのか、紙はしわくちゃになっている。裏返すと、赤いペンで目と口が描かれていた。

城谷さんはその紙を、ちかくの神社へ行って土の中へ埋めるようアドバイスした。

言われた通り晴美さんは神社へ向かって歩き出す。あたりは真っ暗で誰もいない。真夏の夕方なのにである。

夕飯の買い物をする主婦も新聞配達員も店の人も学生も誰もいない。

やがて、神社に着くと土を掘ってその紙を中に埋め、もと来た道を歩く。帰り道も誰もいなかった。真っ暗な中、家を目指した。

家に到着し扉を開けて中に入ったと同時に、消えていた灯りが点き、倒れていたナナが起き上がって足もとに擦り寄ってきた。そして、外も茜色の夕陽に染まっていった。

「――ということが、たった今起こったと晴美さんから連絡がきたんです。そのうち、その写真が送られてくるはずです」

城谷さんは言った。

数分後、晴美さんが撮った紙の写真が送られてきたのだが、おそらくは「式神」だろうと私たちの意見が一致した。

誰かが晴美さんの家をピンポイントで狙って飛ばしたもののように思えた。

後日、彼女に何か思い当たる節はないかと聞いてみると、独立する前に働いていた会社で厄介な中年の男性社員がいたことを思い出したとのことだった。

その男性は非常にひがみっぽく、ことあるごとに人に嫌がらせを繰り返していた。妙な新興宗教にもはまっていて会社でもしつこく勧誘をしていた。

あまりにも素行が悪いので会社をクビになったのだが、その腹いせに今度は社長の車をパンクさせたり窓を割ったりした。

さらに晴美さんが独立すると自宅へやってきて、俺を雇ってほしいと言い出した。様々なウワサも聞いていたため、やんわりとそれを断った。

それでもこの男性は粘り、二時間近く居座り続けたという。

晴美さんの気持ちは揺らぐことはなく、彼はようやく席を立ったのだが、帰り際に振り向くと、

「テメエ、覚えていろよ」

そう言い放った。

その数日後の式神の事件だった。

おそらくあれはその男性が作ったものだろうと晴美さんは言った。

「しかも簡易的に手でちぎったようなもので、見よう見まねで作ったとしか思えないようなものだったんです」

それから一ヶ月後、晴美さんが怪談ライブBARに来店されたのでお話を伺うと、

「実はあれから進展があったんです。あの人、今入院しているそうです」

当時務めていた会社の社長から連絡があり、その男性が工事現場付近を歩行中に上から鉄パイプが落ちてきて胸に突き刺さって大ケガをしたとのことだった。

一命は取り留めたものの入院をしている。

更にそれから一ヶ月後、男性は亡くなった。鉄パイプが内臓を貫通しており、日々苦しみ続けながら死んでいったという。

誰かを怨み呪い殺そうと簡易的に作った式神により、結局は自分自身の命を奪ってしまった――式神にまつわる晴美さんの体験談である。

子猫

部活動を終え自宅へ戻る帰り道でのことだった。

この日は遅くなり夜十時ちかくに高校の部室を出た光さんは、暗い畑道を急いでいた。門限が過ぎようとしていたからである。

表通りには外灯があり安全だが、自宅までの最短ルートはこの畑道だった。畑を抜けて、自宅近くの通りに出ようとしたときだった。

シャンシャン、と小さな鈴の音がどこからか聞こえてきて足を止めた。見ると畑の農作物の間から一匹の子猫が出てきた。鈴のついた赤い首輪をつけている。

子猫は光さんの方へ近づいてきたが、急いでいたためそのまま通り過ぎた。ところが後ろから鈴の音が付いてくる。振り向くと子猫が追いかけてきていた。

「だめ、急いでるから」

走りながら声をかけたが鈴の音はしばらくの間、光さんの後についてきた。家の玄関に到着し振り向くともういなくなっていた。

次の日も遅かったので、光さんは畑道を通って自宅を目指していた。昨日会った子猫のことはすっかり忘れていたのだが、畑道の途中でまた鈴の音が聞こえ、子猫が現れた。やはり赤い首輪をつけている。

子猫は次の日もそのまた次の日も光さんを待ち構えるように畑から姿を現した。そのうちになぜかこの子猫のことが怖くなってしまった。毎日闇の中から現れては子猫とは思えぬほどの速さで追いかけてくる。それが数日の間続き、光さんは畑道を通ることをやめた。

ある晩のこと。シャンシャン、という鈴の音が聞こえ光さんはベッドで目が覚めた。天井に赤い服を着た女がはり付いてこちらを見下ろしていた。

「ナンデニゲルノ……」

そうつぶやくと女は天井に消えていったという。

子猫とその女に何の関連性があるのかは不明だが、それ以来、子猫も女の姿を見ることもなくなったそうだ。

担がれた友人

中学校の教師である島田さんは今から二十年ほど前、大学生のころに取った行動を今でも悔やんでいる。

当時、仲の良い友人といつも三人でつるんでは遊んでいた。特にそのころ、夜中に心霊スポットへ行くことにはまっていた。

その夜も三人は、島田さんの運転する車でとある心霊スポットを目指していた。

そこは地元では最恐と言われているＹ橋というところで、自殺の名所としても全国的に有名だ。

橋の下は断崖絶壁の渓谷になっており、当時は交通量も少なかったことから自殺者が多かった。これまでここから飛び降りた人数は百名を超えるといわれる。

以前はつり橋だったが、現在は改修工事により自殺防止の欄干が設置された。有刺鉄線とねずみ返しまで設けられている。

現地に到着すると真夜中ということもありひと気はまったくなかった。聞こえてくるのは虫の鳴き声くらいだった。

三人は橋の手前に車を停めると、持ってきたビデオカメラを設置し定点観測をすることにした。カメラをセッティングすると車へ戻り、持ってきた菓子やジュースを食べたり飲んだりしながら時間をつぶす。

最初こそ心霊スポットの話題で盛り上がっていたが、時間が経つにつれまったく関係のない話題となり、ゲラゲラ笑って過ごしていた。

一時間ほどして帰ることにした。

現場にいても特に何も起こらなかったし、設置していたカメラを回収すると帰ってそれを鑑賞しながら酒を飲もうということになり、島田さんのアパートへ向かう。

「何か撮れてるといいな」

さっそくセットし鑑賞会がはじまったが、ただ暗い橋が映っているだけで変化はない。三人はしばらくの間暗い橋の映像を見ていたのだが、途中で奥の方から何かが近づいてくることに気がついた。かなりスピードは遅いがそれは白い服を着た人間のように見える。ひとりではなく、何人もいるようだった。

「こんな人たち、いた?」

「いや、見てない」

その白い服を着た人たちは橋の奥にいるのだが、あまりにもゆっくりなので何をしているのかよくわからなかった。

そのうちに友人のカズキさんが「酒が足りないからコンビニで追加してくるわ」と、席を立った。

「え? 続き、見ないの?」

「近いしすぐ戻ってくる。止めておいて」


カズキさんが出て行ってから、三十分ほどが経った。

「カズキ遅くないか?」

「確かに。電話でもしてるんじゃない?」

そう言いながら、ふとビデオの再生ボタンを押した。画面の中にいる白い服を着た大勢の人たちが、橋の奥からゆっくりと近づいて来た。

「なんだこれ」

その大勢の人たちが、誰かを担いでいるように見える。

それを見ていた友人が、

「なあ島田。あれ……カズキじゃないか?」

そうつぶやいた。見ると、担がれているのは先ほど出ていったカズキさんの姿に見えた。嫌な予感がした。ふたりはすぐさま立ち上がり部屋を出るとコンビニへ続く道を急ぐ。道の角に救急車が停まっていて、ひとだかりができていた。

「交通事故ですって」

「若い男の子みたいよ」

野次馬の声が聞こえてくる。ふたりはその野次馬たちをかきわけ前へ出ると、血まみれになったカズキさんが救急車に担ぎ込まれるところだった。

カズキさんは即死だった。

亡くなった当初は友人の死に心を痛めたふたりだったが、あのとき撮影したビデオのことが気になり、とある番組にそのテープを送り検証を求めた。しかしそれはすぐに送り返されてきた。

「これは本当にまずいやつです。オンエアできませんからすぐにお祓いして処分されたほうがいいですよ」

そう言われお祓いに行ったそうだ。

ビスクドール

先にも書いたが私の弟は古美術商を営んでいる。

「古美術」と言っても彼が扱う物は少し変わっていて、どこかしらが欠落、欠損している物が多い。仏像や浄瑠璃の頭だけとか、雛《ひな》人形の腕だけとか、朽ちかけてゆく木彫りの像とか。

古美術界での彼のあだ名は「首くん」らしい。

完全でないものにこそ美とアートを感じるそうで、とにかく彼が集めてくる物は不完全な物が多い。

いったいどこにニーズがあるのだろうといささか疑問に思っていたのだが、彼の選ぶ品にはファンも多く全国各地からお客様が来るのだそうだ。

二〇一一年の五月。

弟は業界のオークションサイトで、ある人形を見つけた。古い少女のビスクドールだ。

右目のガラスが白濁しドレスも汚れて黒ずんでいるが、その変わった瞳に弟はひと目ぼれしたという。

格安で売られていたためすぐに彼女を迎えた。

これまでは仕入れた商品はすぐに店頭に出していたのだが、この人形だけは手放したくないと思い、ホームページに写真をアップした後は自宅のガラスケースに保管することにした。

弟がその人形を購入して数日が経ったころ、私は弟の家に行った。

人形は彼の言うとおり白濁した右目でこちらを見つめていた。

「かわいいでしょう？　この瞳が良いんだよ」

弟は、嬉しそうに笑っていた。

それから三ヶ月後の八月某日。弟から画像が添付されたメールが届いた。

「人形の目が開いたよ」

届いた写メを見ると以前見たときと違い、ぱちりと両目が透きとおっている。購入時には白濁した目の表面に何かがくっついているようにも見えたので、触れたり引っかいたりしてみたが変わらない。眼球自体が濁ってしまっていたのだが、その濁りがなくなってしまったという。

気になった彼は、購入時に撮影したときと同じ角度で人形の写真を撮った。見比べると、表情がかなり変化している。嬉しそうに笑って見えるのだ。人形も大切にされると喜ぶのだろうか。

怖くないのかと聞くと「全然。不思議だとは思うけど可愛いから大切にしようっと」と笑った。

この人形について私の母が妙なことを話してくれた。美容院へ行ったときに、そこのオーナーに話したことがあるそうだ。

「うちの息子が変な人形を持っているのよ」

それを聞いたオーナーは突然ハサミを持つ手を止め、

「その人形、カーテンみたいな服を着てない？　海を渡ってきているはずよ。ずっと前に黒人の女の子が持っていてお母さんが手作りでその服を作ったんじゃないかしら。

そのあと捨てられて何度も市場に出されたりして日本に来てる、そんなビジョンが見えたの」

そう言ったそうだ。そのことを聞いて改めて人形の写真を見ると、たしかに手作りのカーテンのような生地の服を着ている。

訳あってその人形は私が引き取ることになったのだが、我が家に来てからほどなくして右目がふたたび白濁し、つまらなそうな表情になってしまった。

彼女を引き取って八年目なのだが、なぜか毎年八月の数日間だけ右目が透き通ってきれいになる。

今年の夏もまた可愛い彼女の表情が見られるのが待ち遠しい。

貧乏神

カオリさんは今から十二年ほど前に結婚した。

身内がつくった借金を肩代わりして返済をしていることから、ご主人にプロポーズされたときは一度は断ったそうなのだが、ご主人は「一緒に返そう」と優しく受けとめてくれたという。

このころご主人も会社を立ち上げることとなり、借金の総額は八百万円ほどだったという。

夫婦そろって毎日寝る間も惜しんで働き続けた。

生活費は切りつめられるだけ切りつめたが、電気代やガス代が払えず、ロウソクを灯して過ごすこともあった。

ある晩、カオリさんがトイレに行き扉を開けると、そこに見知らぬ女性がいて床の上で正座をしていた。

驚いて思わず「わぁッ！」と声が出てしまったのだが、女性はまるで静止画のように動かない。

瞬きもせず正座し一点を見つめている。目は合わなかった。

はじめは驚いたが、よく見るときれいな人だ。

四、五十代だろうか。

ふくよかで艶やかな着物に金色の帯を締め、髪はきれいにまとめられている。

ただ、やはり静止画のように動かない。

目をそらした一瞬の間に女性の姿は消えていた。

——夢でも見たんだろう。

カオリさんはそう自分に言い聞かせた。

しかし、それからというもの女性は何度もカオリさんの前に姿を現すようになる。

場所はトイレとは限らず、風呂場に現れることもあった。

毎日というわけではなかった。

二、三日現れないこともあれば一週間見ないこともあった。
はじめこそ驚いたカオリさんだったが、だんだんと慣れてきてしまった。

ひどいときにはトイレで便器に座った途端に目の前に姿を現すこともある。

ただ、毎回ほんの一瞬目をそらしたらいなくなるのだ。

目も合わなければ危害を加えてくるわけでもない。「怖い」という感覚はまったくなかった。ただ絵のようにそこにいるだけなのだ。

数日姿を見ないと「あの人元気にしてるかな、いや、人間じゃないか」などと思うようにもなっていた。

それからも毎日忙しく働いていたカオリさんはふと、ここのところ彼女を見ていないことに気がついた。

最後に見てからずいぶんと間があいていた。

やがて借金の返済の目処もたち、生活にも少しだけ余裕が持てるようになりはじめたころ。

久しぶりに彼女が風呂場に現れた。

ところが以前とは何かが違っている。

（あら？　このひと、少し痩せた？）

それからというもの、女性は現れるたびに痩せていく。

ふくよかだった体はやつれ、胸元が大きく開きあばらの骨が見える。顔はこけて頬骨が目立つ。きれいだった着物もボロボロになり、黒くつややかだった髪は白髪でざんばらになっていた。

（どうしちゃったんだろう？　このひと）

それからまたしばらくその女性は姿を現さなくなり、カオリさん夫婦は夢中で働き続けていた。

ようやく最後の返済を終えた日。

この日はご主人が帰宅したら、なんでもおいしいものを食べにふたりで出かけようと約束をしていた。

一足先に帰宅し、出かける前にベランダで洗濯をしていると、トイレの扉がガチャンと音を立て、直後にパタパタと廊下を歩くスリッパの音が聞こえてきた。

ご主人ではないと直感し、おそるおそる部屋の中を覗く。

すると、あの女性が廊下を抜け玄関から外へ出て行くところだった。

その姿はガリガリに痩せ、髪も着物もボロボロだ。

このとき初めて彼女が動いているところを見た。これまでは静止画のようだったが、ゆっくりとすべるように移動していく。

思わず「どこ行くの？」とその背中に声をかけた。

女性は振り向くことなく、外へ出て行った。

それきり彼女を見ることはなくなった。


「あれって貧乏神だったのかな」

カオリさんはご主人に問いかけた。

「違うよ。福をおいていってくれたんだよ。だから貧乏神じゃなくて、福の神だよ」

思い返してみれば、借金にあえいでいた時期にふくよかな姿で現れたあの女性は、借金の返済が進むにつれその姿はみすぼらしいものに変化していったという。

何の意味があってわたしたちのところへ来たのかはわからないけど、おかげさまで今は幸せです、とカオリさんは微笑んだ。

明日は必ず

津山さんという四十代の女性から聞いた話だ。

今から十数年前、彼女はとある電気会社のシステム開発部でプログラマーとして働いていた。

部署はビルの五階にあり、八人のスタッフでチームを組んで仕事をまわしていた。

システムエンジニアが作った設計書をもとに仕事を進めていくのだが、何度も修正が入りその都度やり直しをする。

その年の暮れ、あるプロジェクトを任された津山さんたちは休む間もないほど忙しく働いていた。

津山さんは、資格がなければできない、顧客のデータベースを保存する部分を任されていた。

抱える仕事も膨大なうえ、資格を持っている人間がほかにおらず、頼れる人がいなかった。

唯一、津山さんの斜め前のデスクに座る坂田さんだけは、資格がなくとも知識が豊富で彼にだけは相談することができた。

坂田さんは頭がよく、とにかく何でもできる。誠実で誰からも好かれているうえ、プログラマーとしてもシステムエンジニアとしても優秀だ。

ほかの社員たちからも大いに頼られており、自分のやることで手一杯のはずなのに、仕事をまわされても常に笑顔で応じていた。なので毎日誰よりも早く出社し、退社するのも一番最後だった。

ところが、あるときから坂田さんの様子がおかしくなった。頻繁にひとり言をつぶやくようになったのだ。

忙しい職場のため、それぞれが自分のことでいっぱいだったのだが、津山さんは彼の変化に気づきはじめていた。

何かぶつぶつとつぶやきながら、突然パソコンのふちを延々と掃除しはじめたり、しゃがみこんでじゅうたんの毛玉を引き抜いたりしている。

津山さんの席からは坂田さんのことがよく見えるので、その様子を見るたびに（このひと、まずいかもしれない）と思うようになっていた。

しかし、ほかの社員たちはそのことには気づかずに、変わらず坂田さんに仕事をまわし続けていた。

その日も朝から忙しく全員が働いていた。

忙しい。とにかく忙しい。フロアにひびき渡るのは、カタカタというキーボードを打つ音だけ……のはずだったのだが、その中でガリガリと鈍い音がして津山さんは手を止めた。見ると坂田さんが机に突っ伏し何か描いている。

気になって立ち上がって覗いてみると、坂田さんは紙いっぱいに赤いペンで三角形をいくつも描き続けていた。

さすがにほかの社員たちもいよいよ坂田さんがおかしいということに気がつき、課長に報告した。

報告を受けた課長は坂田さんの状態を見るなり、

「坂田、お前今日は帰れ。ずっと忙しかったもんな。少し休め。で、病院行って来い」

声をかけたのだが、坂田さんは顔をあげると、

「いえ、だいじょうぶです。こんなに忙しいのに皆さんより先に帰れません。仕事させてください」

そう言って聞かない。

その後三度、課長が同じことを言ったが坂田さんは聞かなかった。

坂田さんはそれからも時おり奇行を繰り返していたが、皆それを気にしてばかりもいられず一週間ほどが過ぎた。そのころから坂田さんの体臭が気になるようになった。

誰よりも早く出社し誰よりも遅くまで残っていたと思っていたが、ひょっとしたら帰宅せずにずっとここで仕事をし続けているのではないかと社員たちは噂し合った。

「坂田のこと、働かせすぎたな。みんな大変なのはわかるが、坂田を少し休ませたいと思うんだが、みんなどうだろう」

課長の提案に皆は賛成した。

その日は木曜日だった。

本人に言っても帰宅しないことはわかっていたので、課長は坂田さんの実家に連絡を入れると、午後になって母親が迎えに来た。

申しわけありませんと言って、母親は坂田さんを連れて帰った。

夕方になって、坂田さんから電話がかかってきた。

「もしもし坂田です。みなさまにご迷惑をおかけして申しわけありません。しっかり休ませていただきます。明日は必ず行きますので……」

電話を受けた社員が対応する。

「明日はお休みになってください。お話伺っていますから、今はとにかく体を休めてください」

「申しわけありません……」

か細い声が電話口から聞こえたという。

この職場の始業時間は午前九時なのだが、毎日八時半にひとりずつ交替で電話当番のため早出をすることになっている。

金曜日の朝、当番だった社員が待機していると八時半きっかりに坂田さんから電話がきた。

「もしもし坂田です。大変申しわけありません。体調が悪いので今日は休みます。明日は必ず行きますので……」

電話は、土曜日も日曜日も八時半きっかりにかかってきた。

そして月曜日。

この日は津山さんが電話当番だった。

八時半に電話が鳴る。

「もしもし坂田です。大変申しわけありません。体調が悪いので今日は休みます。明日は必ず行きますので……」

「良いんですよ。聞いていますから。明日と言わず、体がよくなるまでゆっくり休んでください。皆、坂田さんのことお待ちしてますよ」

(だいぶ重症だな)と津山さんは思った。

その日の午後、昼食を買ってビルに戻り、エレベーターに乗ったら坂田さんが乗り込んで来た。

「あら? 坂田さん具合はもう大丈夫なんですか?」

津山さんが聞くと坂田さんは、

「ああ、ええ……」

そう言って俯いた。

やがて五階にエレベーターが止まったが、坂田さんは降りる様子がなかったので、

「降りないんですか」

そう聞くと「体調が悪いので今日は休みます」と言い、扉が閉まった。

津山さんは首をひねって部署に戻り、坂田さんが来てすぐに帰ったことを皆に知らせたが、誰もが気の毒そうな顔をするばかりだった。

電話は火曜も水曜も朝八時半に鳴った。

ところが木曜日の朝は鳴らなかった。

そのかわり、坂田さんの母親が職場にやってきた。課長と来客室で話した後、デスクに来ると息子の私物を取りにきたと言う。

「坂田さん、辞められるんですか?」

津山さんが聞くと母親は言った。

「いえ……息子は亡くなりました」

「えッ！　いつですか?」

「先週連れて帰ったあとです」

「え?　そんな。だって息子さん毎朝電話くれてますよ。嘘ですよね、お母さん」

「嘘じゃありません」

「だって坂田さん、今週会社にも来てますよ」

「そんなはずあるわけないじゃないですか。息子は先週亡くなったんです。会社から連れて帰ったあと、あの子部屋に閉じこもって。夕食を届けに行ったらもう死んでいたんです。喉にペンを刺して。何度も何度も刺したんでしょうね。それはもう酷い状態で。あの子は仕事に殺されたようなものです！」

そう言って社員たちを睨むように帰って行った。

母親が帰ったあと社員たちは、

「今まで誰が電話をかけてきたんですかね」

「私も電話取りましたよ」

「一昨日、坂田さんのことロビーで見かけました」

パニックになったように一斉に話し出した。

そこへ課長がやってくると、

「みんな落ち着け。坂田が先週の木曜に亡くなったそうだ。亡くなり方が尋常でなかったから警察の司法解剖にまわされていて、やっと今日自宅にご遺体が帰ってきてこれから通夜らしい。会社の人たちは参列を遠慮するようお母さんから言われたが、代表で俺がこれから行ってくる」

そうなだめ、坂田さんの通夜へ出かけて行った。


十九時過ぎに通夜から戻った課長から、坂田さんが確かに亡くなっていたとの報告を受けた。首もとには包帯が巻かれていたという。

「皆、ああなる前にしんどかったら申告してくれ。今日は二十時には切り上げて帰るぞ」

はいと返事をしたときだった。

電話が鳴った。

誰もが取ることを拒んだ。

課長は「お客様からだろう」と言うが誰も受話器を取ろうとしない。しかたなく津山さんが受話器を取ると、

「もしもし坂田です。今日はすみませんでした。明日は必ず行きますので……」

津山さんは思わず受話器を落としてしまった。

　そのとき、ブーン、とエレベーターが上がってくる音が聞こえてきた。終業時間間際にエレベーターが上がってくることは、まずない。やがて扉が開く音がして、そこにいた全員が一斉にエレベーターの方を向いた。

　中から現れたのは坂田さんだった。

　坂田さんはエレベーターを降りるとフロアをふらふらと歩き、自分のデスクに座った。

「今日はすみませんでした。明日は必ず行きますので……今日はすみませんでした。明日は必ず行きますので……」

　ぶつぶつとつぶやいている。

　その場の全員が坂田さんを無言で見つめていた。

　課長も片手にコーヒーを持ったまま固まっている。

　坂田さんの首もとの包帯を見て、津山さんは寒気が止まらなかった。

　しばらくの間、静寂に包まれていたフロアだったが、なぜかそのうちに皆、何ごともなかったように仕事をはじめた。

　津山さんもパソコンに向かう。

すると坂田さんは「ふふふ」と笑って「明日も必ず来ますので」と言って消えた。

ゾッとして津山さんが見ると、坂田さんの姿はもうそこになかった。

ただ、次の日も八時半きっかりに「もしもし坂田です。明日も必ず行きますので……」と電話はかかってきたそうだ。

その後、津山さんは転職し、それからのことはわからないそうなのだが、ときどき年末になると当時の同僚から「あれは怖かったね」と連絡が来るそうだ。そしてそのたびにあのときの坂田さんの声を思い出すという。

首吊り

前にも書いた須藤為五郎さんの別の話だ。

今から五十年ほど前、為さんがまだこどもだったころ、早起きをしてひとつ歳下の弟と公園でキャッチボールをすることが日課になっていたという。

その朝も早くから誰もいない公園でふたりでキャッチボールをしていた。弟の暴投でボールが為少年の頭上を越え、公園の奥へと転がっていった。

小走りでボールを追って公園内を走る。転がったボールが速度を落とし、公園奥の鉄棒脇にある大きな樹の手前で止まった。拾い上げてふと見上げると、すぐ目の前に足がぶら下がっている。その足から上へと視線をやると、首にロープを巻いた男性が空中に浮かんでいた。

為少年はボールを拾うと、何ごともなかったかのように弟のもとへ走っていった。

なぜかそのときは騒ぎたてる気にならなかった。

その後、無言でボールを投げ続けた。

パシ、パシ、とボールを受ける音だけが、誰もいない公園に鳴り響く。

それから十球ほど投げ終えると、為少年は「ちょっと」と、弟に声をかけた。

「兄ちゃん、どうしたの？」

「こっち」

弟を連れて先ほどボールが転がっていった樹のあたりまで行った。男の体は変わらず、首にかけたロープで浮いている。

「お巡りさん呼んだ方がいいよね」

弟が男を見上げながら言った。

「うん。そうだね」

ふたりとも冷静だった。

近所の派出所に向かうと事情を知らせたのだが、そのあとたくさんの質問をされ、その後も死亡推定時刻の確認やらで警察から何度も連絡がきたという。

――そんなことがあったというのを、数十年が経ち大人になった為さんはすっかり忘れていたのだが、ある夜中、ふと目が覚めると、足もとに見知らぬ男性が立っているのに気がついた。

（誰だ？）

男性は何かつぶやいていたようだったがよく聞こえなかった。

そのうちに姿は消えた。

どこかで見たことのあるような男に思えてしばらく考えていると、少ししてから思い出した。あれは大昔に見た公園で首吊りしていた男性だ。

（なんで、今さら）

そう思ったが、日付を思い出して納得した。

何度も警察と話をしたので覚えていた。その日はあの男性の命日だった。

男性が現れたのは後にも先にもそのときだけだという。

なんのために現れたのかはわからないが、この年は為さんが男性が亡くなったときと同じ年齢に達する年だったそうだ。

団地

寺田さんは高校を卒業するまでの数年間、住んでいた団地でたびたび怪異体験をした。

団地へ越してきたのは小学六年生のころだった。コの字型の八階建てで、寺田家は一階の一〇二号室。隣は四軒が連なっていた。

越してきてほどなく、隣の一〇一号室の夫婦が心中して亡くなった。夫婦仲が悪く、しょっちゅう怒鳴りあう声が聞こえてきている家だった。

それからしばらくしたころ、寺田さんがトイレで用をたしていると、ぽとりと頭上に何かが落ちてきた。髪の毛の束だった。驚いて窓の外へ投げ捨てたのだが、そのことを話すと母親にも同じことがあったのがわかった。

妙なことはそれだけではなかった。

風呂場の前に見知らぬ女が立っていたことがあったり、夜中に目が覚めたらベッドの柵に白い手だけが絡みついていたこともあった。

また、寺田家では犬、オウムやインコなどの鳥類を飼っていたのだが、立て続けに突然死んでしまった。皆、喉のあたりに焼け焦げたような痕があり、どう考えても不自然な死に方だった。

そのような事件や心霊現象が、引っ越してほんの短い間に続いて起こったのだった。

以前住んでいたアパートは家族四人が生活するには狭く、今度の団地は広くて嬉しいね、と喜んでいたのもつかの間だった。

そのうちに、並びに住む一〇四号室の家族のひとりがノイローゼになったということで引っ越していった。

さすがに何かおかしいのでは、と思い始めた寺田家の両親は、不動産会社へ相談しに行った。小さな不動産会社だったので社長自らが担当してくれて「良いところを紹介しますよ」と言っていたのだが、その後連絡がないので電話をしてみると、その社長が突如自殺をしてしまったことを知らされた。

別の不動産会社へ行って相談すると、その会社で自殺者が出る。

これはまずい、と団地をどうやって出ていくかたびたび家族会議をするのだが、なかなか引っ越すことができなかった。その間に、並びの部屋のどこかが空いては新たな家族が越してくる、そうするとどこかの部屋で不幸があってまた部屋が空く、というのを見続けていた。


住みはじめて五年が経ち、ようやく引っ越しが正式に決まった。

その時点では、寺田家の住む部屋が、越してくる一年ほど前に一家心中が起きていた部屋であることはもう知っていた。

並びの四軒の家もすべて、かつて自殺や事故などで入居者が亡くなっている事故物件であることもわかった。

また不思議なことに、ノイローゼなどで出て行った家の家族の中に、必ず三月二十九日生まれの人がいたという。寺田家では寺田さんの妹がそうだった。

そして団地が建っている場所は以前、火葬場だったそうだ。

怪現象は寺田家ばかりでなかったので、団地をあげて何度も霊媒師が来ては祈祷したそうだが収まることはなかった。

現在、その団地がどうなったかは寺田さんは知らないそうだが、彼自身は怪異に対して免疫がつきすぎて何が起こってもまったく動揺しない体質になってしまったと語っている。

火葬

私の母がまだ幼かった当時、住んでいた村には今のような火葬場がなく死者が出ると村はずれの原っぱを使って火葬していたそうだ。その原っぱは細い一本道の突き当たりに位置し、まわりには民家のない淋しい場所だった。

祖父の義姉が亡くなったときのことだ。その遺体は村人たちの手で原っぱに運ばれた。そして置かれた遺体のまわりに燃やすための木を組み、火をつけると村人たちは帰って行った。

祖父も一度は帰宅したが、万が一、義姉の身体が焼け残ってしまい、明日様子を見に来た村人たちに怖がられるようなことになっては彼女が可哀想だと心配し、夜が更けてからふたたび原っぱへと向かった。

まだ火は燃え続けていた。少し離れた場所にある石の上に腰をおろすと、義姉の遺体が燃えるその火を見つめながら時が経つのを待った。何度かきちんと遺体が燃えているかの確認もした。

そろそろ帰っても大丈夫だろうと立ち上がり、一本道の小道に出た。風に吹かれて周囲のススキがなびいている。ここから家までは徒歩で十分ほどだ。懐中電灯を手に歩き出した。

ふと気がつくと祖父は原っぱに立っていた。目の前で義姉を燃やす炎が揺れている。

(あれ？　自分はさっき帰ろうと小道に出て村の方向へ歩き出したはずだ。なぜまたここに？)

何が起きたのかわからなかった。ふたたび小道に出るが、気づけば炎の前にいた。この後も何度か同じことを繰り返した。火葬場から村まではただの一本道しかないうえに何十年も住み慣れた村だ。迷うはずはない。しかしまったくここから抜け出すことができなくなってしまっていた。

祖父は先ほどまで座っていた石に腰をおろすと、義姉を燃やす炎を見ながら家までの帰り道を考えていた。

「こっちよ」

ふいにどこからか声が聞こえて顔をあげると、原っぱの中から白い手首が浮かびあがり指をさした。

祖父は立ち上がると、その指のさす方向へと歩き出した。

ほどなくして一本道を抜けると村の家々が見えてきた。

祖父は原っぱの方へ振り返ると「ありがとう」と頭を下げて家路についたそうだ。

樹海のてんまつ

イベント会社を経営する優さんから聞いた話だ。

彼は高校生のころ、かなりのヤンチャだった。仲の良い友人四人といつもつるんでは学校をサボってあちこち遊びに行っていた。

高校三年になると優さんはすぐに車の運転免許を取った。ある日、この五人組で遊びに行く計画を立てることにした。

「どこ行く?」

「女の子ナンパしてさ、海行こうぜ!」

「つうか、車一台しかねえじゃん」

「うわ! マジだ! なんだよ、ナンパできねえじゃん!」

「じゃあさ、あそこ行ってみようぜ、あのやばいところ」

「なんだよ、そのやばいとこって」

「樹海」

「は？　樹海？」

「なんか、おもしろそうじゃん」

五人は例の如く学校をサボって、東京から優さんの運転で樹海を目指した。

あの自殺者が絶えないことで有名な青木ヶ原樹海へ。

持ち物は懐中電灯とビデオカメラのみ。現地に着いたころにはすでに陽が傾きはじめていた。車を停めるとそこからは徒歩で行くことにした。

懐中電灯で足もとを照らしながら森の奥へと進んでいく。

樹海の中は妙に青黒く、外の世界とはまるきり温度が違っていた。太い樹木の根っこがそこらじゅうに張り巡らされていて歩きにくい。

「やべぇ、テンション上がってきた！」

友人のアキラさんが大声でそう叫ぶと、ほかの四人もわざと悲鳴を上げたり大笑いをする。

アキラさんは自宅から持って来たビデオカメラであたりを撮影しながら、足場の悪い暗い道を進んでいく。

何に対しての期待なのか、優さんも興奮していた。

それからしばらくすると、先頭を歩いていたサトルさんが立ち止まり「なんだ、あれ」と前を指さした。

太い樹の根元にスニーカーがある。泥だらけのそのスニーカーが真っ直ぐ揃えてあるのが妙に思えた。そこに木の棒のようなものが刺さっている。

「汚ねぇ！　きもち悪ぃ、なんだこれ！」

サトル君は大声で笑いながら持っていた懐中電灯でそのスニーカーを照らす。灯りに照らされたその汚れたスニーカーを見ると五人は急に言葉を失った。

やがて「うわ！」と、誰かが叫び声を上げた。

スニーカーに刺さっているものは木の棒ではなく人間の骨だ。膝から下だけの足の骨がスニーカーを履いた状態で樹にもたれ掛かっていた。

足以外の部分はどこにもなかった。

「これさ、マジでやばいやつじゃない？」

「警察行った方が良いんじゃねぇの？」

「いや、めんどくせぇことになるからいいよ」

「じゃあもう帰ろうぜ」

急に怖気ついて、五人はもと来た道を引き返すことにした。無言のまま暗い樹海の中を、懐中電灯の光を頼りに足早になる。

ところがその途中で「なぁ、誰かがこっち見てる」と、前を歩いていたヒロシさんが持っていた懐中電灯をその方向に向けた。すると太い樹の枝にロープが括りつけてあり、首が伸びきった恐らく女性と思われる上半身がこちらを向いてぶら下がっていた。下半身はなぜか上半身と離れた場所で、まるで正座するように落ちていたという。

「マジでやべぇよ。しゃれになんねぇよ。早く帰ろうぜ!」

優さんがそう言うと隣にいたアキラさんは突然笑い出し「もうちょっと、もうちょっと」と言ってその首の伸びきった死体をビデオカメラで撮影しはじめた。

「おい!　マジやめろや!」

かっとなった優さんは、ビデオカメラをひったくると電源を落とした。そして出口を目指して走り出した。

「今さらびびってんじゃねえよ」

背中に怒声を受けながらも車に乗り込み、エンジンをかけて皆がそろうのを待った。

帰り道ではほとんど会話もせずに東京へ戻った。


樹海ショックもすっかり冷めた数日後。

「そういや、あのとき撮ったビデオ見てなかったな。見ようぜ」

ということになり、アキラさんの自宅に五人組は集まることになった。

ビデオをデッキに入れ、テープを再生する。そこにはあの日撮影された二体の生々しい死体がはっきりと映っていた。

「おい！　マジやめろや！」

優さんの叫び声がした。その後ビデオは電源を切ったのでそこで終わるはずだった。

ところが画像は暗転して終わっているのに、何か別な声が入っている。

「おかしいな、なんて言ってるんだ？」と巻き戻して聞き直す。

——今さらびびってんじゃねえよ。

そう聞こえ、優さんは強張った。その声は明らかに女性のものだった。

電源は切ったのになぜ？　女の声というのはいったい？

その後、ビデオはアキラさんの家に保管され、それきりとなった。

高校を卒業後、五人はそれぞれの道に進み、一緒に遊んだりすることもなくなった。

しばらくの間は連絡を取り合っていたのだが、ある時期からアキラさん、サトルさんのふたりとまったく連絡が取れなくなってしまった。

そこで優さんは彼らの実家に電話してみることにした。まずはアキラさんの実家へかけた。

「もしもし。おばちゃん？　久しぶり。優だけど、アキラいる？」

すると母親は、

「優君、なに言ってるの？　あの子死んだじゃない」

そう言った。

ビデオカメラを撮影していたアキラさんは卒業して一年後、突然行方不明となりその後、樹海で遺体で発見されたという。アキラさんの母親は続けて「ヒロシ君も残念だったわね」と言う。

ヒロシさんも卒業して一年後に亡くなっていた。

——そうだ。アキラもヒロシも死んだんだった。

なぜか優さんの記憶からふたりが亡くなったことが消えていた。

優さんは慌てて残りのふたりの実家に電話する。

サトルさんは無事だった。就職して社会人になっていた。樹海でずっと無言だったダイスケさんも生きていた。アキラさんとヒロシさんが亡くなったのは単なる偶然なのだと三人は言い合った。それからは頻繁に連絡を取り合っていたのだがそれからしばらく経つとまた間があいた。

それから二年が経ったころ。優さんは久しぶりにサトルさんに連絡をすると、現在は使われていないというアナウンスが流れてきた。

胸騒ぎがした優さんは彼の自宅に電話したが、ある日会社へ出勤したきり行方不明になってしまったとのことだった。


「ダイスケさんはどうなったんですか」

私は優さんに聞いてみた。

「元気だよ。今でもたまに遊ぶし。ただ、あいつらのこと思うとつらい。そのうち俺らも死ぬのかな」

優さんは俯きながらつぶやいた。
突然、優さんと連絡がつかなくなって、今年でもう六年になる。

とある夫婦

ふだん生活するうえでまず出会うことのない職種の方がいる。怪談師というのもそのひとつかもしれない。

この話の中には、霊媒師、呪術師といった特殊な職業の方が出てくることを先に記しておく。

今から十数年前、池田さんがまだ高校生のころのこと。

授業を終え正門を出ると道の向こうからスキンヘッドで強面の男性が近づいてきた。気の弱い池田さんはカツアゲでもされるのではないかと目を合わさないように道の端に寄って男が通り過ぎるのを待つことにしたのだが、男はすぐ目の前に立つと「あんた」と話しかけてきた。

（やばい、殴られるのか）そう思っていると、

「あんたこのままだと死ぬ。私のところへついてきなさい」

そう言って歩き出した。

突然のことに驚いたが、池田さんはなぜか素直に男について行った。

向かった先は寺だった。スキンヘッドの男性はこの寺の住職だったのだ。

住職はもちろん寺の仕事もするのだが、そのほかにも祓い屋としての活動もしており、その世界では有名な人だと池田さんは後で知る。

あんたには素質があるから私のもとで修行しなさい、と言われ池田さんは住職に弟子入りすることとなり、やがて霊媒師として全国を旅することになった。

池田さんがこの寺へやってきて六年が経ったころ。

住職のもとへ一本の電話がかかってきた。相手は住職の知人である呪術師の浅井さんだった。

「大変なことが起きているから手を貸してほしい。どうしても祓ってほしい」

浅井さんの話によると、ある夫婦が失踪した家を見てほしいということだった。

その夫婦は三十代で子宝に恵まれず、あるとき浅井さんのもとへ訪ねてきた。何年にもわたり不妊治療をしたがだめだった。医者も変えたがこどもはできず、神社、寺、あちこちへ行きできることはなんでもしたがそれも徒労に終わった。

やがて、すがる思いで呪術師の浅井さんのもとへやってきたのだということだった。

「お金はいくらでも出します。どうか呪術の方法を教えてください。誰かが不幸になったとしてもどうしてもこどもがほしいんです」

夫婦は懇願したそうだが素人が呪術を使うことは相当な危険が伴うから無理だと断り続けた。誰かに跳ね返って災いが起こる可能性があると伝えたが、夫婦はそれでも良いから教えてほしい、と何度も浅井さんのもとへやってきた。

やがて何度も顔を合わせているうちに夫婦と食事をするようにもなり、あるとき自宅に招かれ酒をふるまわれた。やはり話は呪術のことになった。これまで何度も危険が伴うから無理だと言い続けていた浅井さんだったが、ほろ酔いになり大まかな方法をうっかり口にしてしまった。

その方法というのは、部屋の壁に穴を開けその中に祠を建て穴のフチにはカッターナイフの刃を敷き詰めて刺し、そこへ命が宿るよう毎日祈るというものだった。正式な方法というよりも簡単な概要だった。

「でも危険ですから絶対にやらないでくださいよ」

浅井さんは言ったが、それからほどなくしてこの夫婦とまったく連絡がとれなくなったという。心配になり家を訪ねたが中にいる様子はなく家全体が黒い霧のようなものに包まれており、夫婦はすでにこの世のものではなくなっている可能性があると感じたそうだ。

不動産会社には連絡をしてあるから見に行って祓ってほしい。自分も後から行くと電話口で浅井さんは言う。

住職と池田さんは浅井さんの指示した住所へ出向いていった。

日当たりの良い二階建て、賃貸の一軒家だが日中にもかかわらず、すべての部屋の雨戸が閉めてある。チャイムを押したが返事はなかった。

不動産会社の人があらかじめ鍵を開けておいてくれたようだ。玄関を開けて中に入る。

「失礼します」

部屋は真っ暗だった。

リビングの電気のスイッチを点けた瞬間、池田さんは「あッ」と思わず声が出てしまった。

壁じゅうに無数の穴が開いている。その中に祠のようなものが設えられ、穴の縁にはおびただしい数のカッターナイフの刃が刺さっていた。

ショッキングな光景に池田さんは言葉が出てこなかった。

そのとき住職のもとへ電話がかかってきた。

「外で電話をしてくるから少し待っていなさい」

そう言われ、池田さんは祠のひとつひとつを観察しながら住職を待った。

(すごいな。こんなふうになっているんだ)

感心して眺めていたときだった。

「お前、なにをやってるんだ!」

住職の叫び声で池田さんは我に返った。激痛が走り右手を見ると人さし指が血に染まり、ところどころ肉が削がれている。

「ぼく、いったい、どうしてここに……」

「だいじょうぶか、しっかりしなさい」

電話から戻って来た住職が見たのは、二階の寝室のベッドの上に正座した状態の池田さんが、壁に開けられた呪術の祠に指をいれてかき回している姿だった。

穴の縁に刺さるカッターの刃が池田さんの指を容赦なく削いでいったのだった。

なぜかズボンが濡れており、池田さんはいつの間にか射精していた。

そしてその横には、腹の膨れた女が立っていたという。

後で住職から聞いた話によると、呪術師の浅井さんから、彼の家のポストにノートが投函されていたとのことだった。それを投函したのはこの家の奥さんであろうと思われるが、内容が異様なものだったので、日付などは変え、その一部をここで紹介する。

四月二十一日

今日は先生がついに呪術の方法を教えてくださった。

私たちの熱意がやっと通じた。

四月二十一日（夜）
先生からのアドバイスを参考にイメージしたものをリビングの壁に作ってみた。これできっと赤ちゃんと出会える。

四月二十七日
ひとつだけで足りるのだろうか。
失敗しないようにもうひとつ作ろう。

四月三十日
足りない。
うまくいかないかもしれない。
もっと作ろう。
家中に祠を建てた。

五月三日

今までのは、すべて失敗だ。
最高の祠を作らなければ。
はやく赤ちゃんに会いたい。

五月二十一日
とうとうできた。
最高の祠を寝室に作った。
最高の子宮が完成した。

六月五日
もうすぐ会えるね。
私たちの赤ちゃん。

子宝に恵まれなかったその夫婦はどこかへ姿を消し、今も消息はわかっていないという。むやみに呪術を扱ってはいけないのに、その禁忌を犯した代償を支払わされたのかもしれない。

残された壁の穴の祠はまるで生き物のように、生まれてくる媒体を探し生気を奪おうとしていたと住職は言う。

住職があの場にいなかったとしたら、池田さんはいったいどうなっていたのだろうか――。

その後、夫婦が住んでいた家のお祓いをし、現在はまったく別な家族がそこで幸せに暮らしているということだ。

あとがき

「怨めしや伊右衛門殿……！」

顔の半分が崩れた亡霊・お岩さまが、亭主の伊右衛門に放つ恐ろしくも切ない言葉。

小学生のころにテレビドラマで見た「四谷怪談」に衝撃を受けた私は、夜な夜な布団にくるまって震えていたものです。

毎年夏休みになると長野県にある祖父母の家へ行くことになっていて、このドラマは昼間に放送されていたのですが、夕食を終えると誰からともなく怖い話になり、おとなたちから「灯りを消してローソクを持ってきなさい」と指示され泣きながらそれに従っていました（笑）

こどもにとっては毎年怖すぎる夏休みだったわけですが、祖母や伯母たちが語る怪談は今思い返してみると教訓となるものが多く、それが今の自分の一部となっていることに違いありません。亡くなった祖母や伯母の話も心も私の中に生き続けています。

怪談師の牛抱せん夏と申します。

さて「怪談師」と申しますのは、落語家でも講談師でもありません。「怪談専門」の語り部でございます。ただひたすらに怖い噺を語る、怖いものが苦手な方にとっては嫌がらせのような職業ではございますが、実際にフタをあけてみますと、すべてが恐ろしいものとは限らないのです。どこか懐かしさがあるものや、人々が生きてきた証がそこにはあるのです。

怪談というもののなかにはどうしても「死」や「不幸」が存在します。

見たことのないこの世の裏側の世界のことは、生きている人には想像もつかない別世界のことでしょう。ですからその世界の一部をエンターテイメントとして覗き見ることで、今後の生きる糧としてお楽しみいただけたら幸いです。

今回さまざまな怪異譚を取材させていただきましたが「怪談」とひとくくりにはできないような奇妙なお話も多く、こんなにも不可思議な体験をされた方が多くいることにワクワクいたしました。もちろん聞いているときには怖くて震えましたが……。

取材させていただいた方々の意向もあり、少し変えて記している部分もありますが、怪異についてはほぼそのまま記してあります。

因みに「とある夫婦」という話のなかにでてくる呪詛についての記述は、もちろん正確な方法ではありません。良い子のみなさんはぜったいにマネをしないでくださいね！

今回出版の機会をくださった関係者のみなさま、取材に応じてくださった怪異体験者のみなさま、怪談の世界へ導いてくれた天国のおばあちゃん、ありがとうございます。

そして今この本を手にとってくださっている読者様に心より御礼申し上げます。

こどものころに見た「四谷怪談」が影響して、まさか怪談を専門とする職業につくとは夢にも思っていませんでしたが、これからも皆さまの心にひっそりと寄り添えることができましたら幸いです。

怪談を通じてより多くの方が幸せになれますように。

それではまたいつかこの世の裏側でお会いいたしましょう。

二〇一九年　三月某日　牛抱せん夏

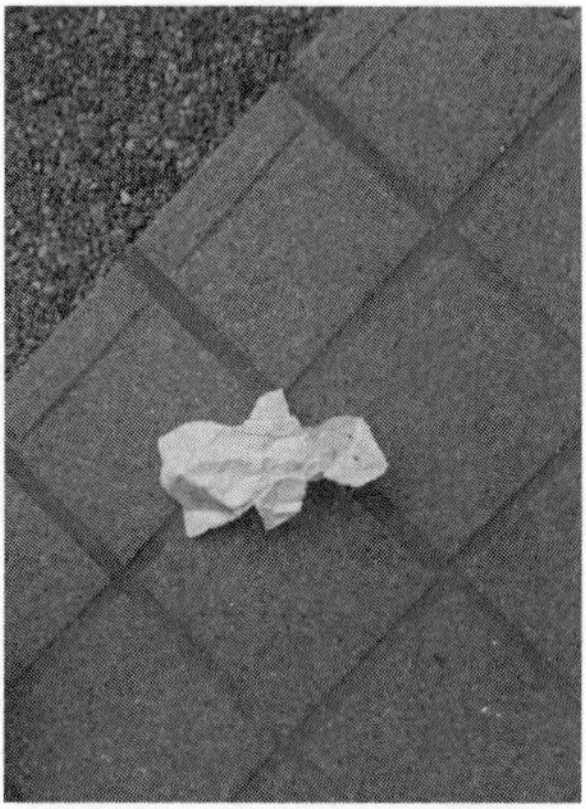

「式神」で城谷氏に送られた写真のひとつ。

実話怪談　呪紋

2019年4月5日　初版第1刷発行

著者　牛抱せん夏
企画・編集　中西如(Studio DARA)
発行人　後藤明信
発行所　株式会社 竹書房
〒102-0072 東京都千代田区飯田橋2-7-3
電話03(3264)1576(代表)
電話03(3234)6208(編集)
http://www.takeshobo.co.jp
印刷所　中央精版印刷株式会社

定価はカバーに表示しています。
落丁・乱丁本の場合は竹書房までお問い合わせください。

ISBN978-4-8019-1822-1 C0193